SHANGHAI LITERATURE & ART PUBLISHING GROUP

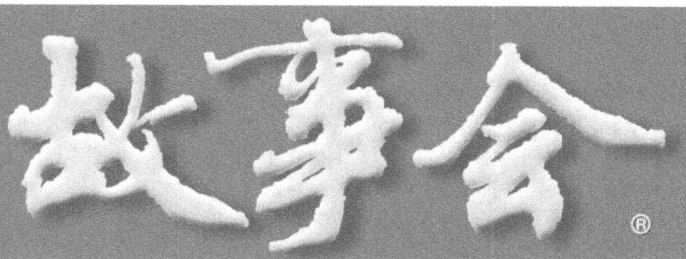

故事会
精品系列

偶的故事

上海锦绣文章出版社
上海故事会文化传媒有限公司

上海文艺出版（集团）有限公司

图书在版编目（CIP）数据

偶的故事 《故事会》编辑部编 – 上海：上海锦绣文章出版社
（故事会精品系列） ISBN 978-7-80685-747-2

Ⅰ．①偶…Ⅱ．①故…Ⅲ．①故事 作品集 中国 当代 Ⅳ．I247.8

中国版本图书馆 CIP 数据核字（2007）第 060656 号

丛 书 名：故事会精品系列

书 名：偶的故事

主 编：何承伟

编 委：何承伟 吴 伦 姚自豪 夏一鸣

责任编辑：刘迎曦 鲍 放

装帧设计：王 伟

责任督印：张 凯

出 版： 上海锦绣文章出版社

上海故事会文化传媒有限公司

POD 海外发行： 中国图书进出口上海公司

电话：021-36357888

传真：021-36357896

地址：上海市虹口区广中路 88 号

邮编：200083

海外 POD 发行版本

上海故事会文化传媒有限公司 出品（00246） www.storychina.cn

STORIES

目　　录

偶的交友心得

偶的人生感悟

偶的家庭生活

家庭生活是每个家庭成员心灵的镜子，也是衡量他们人格的尺度。

叫他一声哥

自打两个星期以前,我接到录取通知书后,全家就处于一种兴奋状态之中。妈妈不知是哭还是笑,不时地用手揉眼睛。通知书没到,她总担心我考不上;如今通知书到了,她又念叨着我路上咋走。我对妈说没事,我大了,自己能走的。妈叫我别犟,说不是叫黑娃送,就是叫他爸送,反正得陪个人一起去。

没法,最后我只好妥协了,同意让黑娃送。

黑娃是谁?按理说,我要叫他哥。自从我爸去世后,后爸爷儿俩就从甘肃老家一起到我们家来。他们一来,我就觉得家里处处不自然,眼睛鼻子都碍事,总不想看到他们,更不想跟他们说话。每天天一亮,我就上学,天黑透了,才回家。一天三顿饭,我一个人端到自己房间里去吃,从不跟他们在一起吃。我讨厌看到那两双眼睛，更讨厌后爸那黑黑的手，动不动就往我碗里夹菜。他每次夹给我的菜，我都偷偷地丢到桌下边喂猫吃。我知道，我这样做，妈心里是很难过的，她很希望我跟他们好，跟他们说话，叫声爸，叫声哥。可是，我办不到，怎么努力，也办不到。看到他们爷俩，总觉得像小数点后面除不尽的数字——多余。我只有一个决心，一定要考上大学，离开这个家，再也不跟他们住一起……

有道是：苦日子长甜日子短。两个星期一眨眼就过去了，明天，我就要上路了。妈说今夜要跟我睡会儿。可妈倒在我床上，老是睡不着，压低声音叫着我的小名："秀，你明天就要离开妈了……"妈刚说话，就开始抹泪，"妈对不起你，秀。你爸死后，妈实在是没法，才走这一步。妈又有病，这么多的地，家里没个劳力，多困难哪！不用说供你上学了，就是每月的面粉也打不回来。你四年大学，少说也要两三万，这还得靠他们爷俩。唉，妈也知道你看不起他们，女儿家，人大心大，妈也不怪你。天亮，你就要走了，妈也没什么别的话说，天亮临走，叫黑娃一声哥，好吗？他今年二十了，比你大一岁。"

我不说话。我知道妈这一辈子不容易，爸死了，她那样困难，也没让我辍学。这一点，我深深地懂得，我知道妈心里很难受。但要我叫他爸，叫他哥，实在是难办到。为了临行前能安慰妈，我把手放到妈的手上，表示我愿意听话，可天亮了，还是一次又一次地错过叫爸叫哥的机会。

说实在话，他们爷儿俩，人并不坏，一老一小，两个老实疙瘩，来到这个世界上，似乎天生就是干活的命，天生就是往地里下力气的人。每天，天不亮下地，天黑透了，也不见回家。平时，吃好吃坏，穿好穿坏，一声不吭。我家承包的一百多亩棉花地，从春到秋，他们父子俩就像两头牛，没白没黑地干，就连到了拾棉花最忙的时候，他们也不让我缺一节课。不管地里的活多么紧,每到下雨下雪,妈还叫黑娃给我送雨伞,送雨鞋。

其实,我宁可淋着,也不想让黑娃到学校来。每次,我一见黑娃走到学校大门前面时,老远地,我就跑出教室,去接黑娃手里的东西,生怕班里的同学问我他是谁。后来,黑娃也自觉,一次也不往学校大门里走,就站在学校前面路旁边的林带里,淋着雨,等我放学出来,身上披块塑料布,湿透了,也不敢撑开我的小花伞。

如果我不带任何偏见的话,其实,黑娃长得并不难看,高高的个子,长长的脸,眉宇间还带有几分帅气。一天十五六个小时的日照,将黑娃晒得很黑。要是命运能够公平地让他上学的话,我敢说,黑娃比我们班上许多男生都长得好看,黑娃完全有资格成为一名优秀的大学生。可是很不幸,他妈死得早,甘肃老家,山沟里穷,上不起初中。来到我家那年,他才十五岁,我妈想让他继续上学,可家里这么多地,他爸就早早地拿他当成了强劳力,整天在一眼望不到边的戈壁滩上晒日头……

我和黑娃上了火车,随着一声声有节奏的"轧轧、轧轧"声,我与家的距离越拉越长。

坐在火车上,我第一次有了离家的感觉,这种感觉使我好想哭,我知道,我这一去,不是永别,但要很久很久才能回家一次。我好想妈妈,我就从车窗往外看,想看到妈妈,看累了,就把头放在小茶桌上,假睡,反正不想朝对面看。我知道,黑娃正端坐在那儿,双手夹在两腿中间,也在朝窗外傻看,他在看什么呢?

我下意识地向对面的他瞥了一下,他仍像根木头一样,不说,也不动,眼睛永远是那样老老实实地看着窗外。他似乎也知道,一般情况下,我是不会跟他说话的,所以他也就一心一意,一个人看那车外不停地流动的风景线。

一天一夜过去了,同坐在一起的旅客,根本不知道我们是一起来的,更不知道我们还是一家人。

我捧着本书觉得十分寂寞,几次鼓足勇气想跟他说话,但都没有成功。

火车快到兰州了,再有一天一夜就到西安了。也就是说,我们之间,已经是两天一夜五十多个小时,互相没说一句话了。有时,黑娃去给我打杯水来,啥也不吭,就那么不声不响地放在我跟前的小茶桌上。

火车进了兰州站,停车十分钟,那些卖东西的人,一个个扒着车窗叫卖。我看见一个卖五香花生的乡下妇女,就问:"哎,花生多少钱一包?""一块,要不要?"那个乡下妇女拿起一包花生,举在手里。我见价钱还可以,就拿出一张五块钱,说:"买两包。"那乡下妇女收了钱,先给了我两包花生。随即,手在袋子里抓了抓,不找钱,调头想走。

我正要喊,只见黑娃眼疾手快,立即从车窗里探出大半个身子,一把将那个乡下妇女的头发抓住,凶狠狠地说:"找钱!"

天哪,我还是第一次看到黑娃那怒不可遏的样子。如果那个乡下妇女再不老老实实地找三块钱,黑娃一定会把她从车窗外提进来的。

我接过那妇女找来的三块钱,再转身看看黑娃,只见他已恢复了先前的平静,安详地看着窗外。

车又开动了。

我朝黑娃看了一眼,将手里的两包花生,分给他一包。他说他不饿,要我留着慢慢吃,到西安早着哩。

于是,那包花生就在小茶桌上放着。一直到西安,我收拾东西准备下车时,才将那包花生装进兜里。

到西安火车晚点了,夜里十一点才到。西安火车站好大呀!车站里到处都是拥挤的人。我下了车,头晕晕的,不知东西南北。在人海中,到处看不到一个熟人,我才真正觉得,我已经离开了家,离开了妈妈,来到了一个陌生的世界,心里好想哭。大概是因为自己胆小的缘故,我提着包,一步不离三寸地跟着黑娃往前挤,原先那种厌恶、傲慢的感觉,不知哪去了,只觉得他就跟我的亲哥哥一样,那么贴心,那么卖力,肩上背着两个大包,手里又提着小包,走得那么艰难,还不时地回过头来看我,生怕我被挤丢了。

我没钻过火车站地道,心里很害怕,问:"这走到哪了?对不对?还是问问人家再走吧。"

他说:"不问,对着呢,就打这儿出口。"

"你走过吗?"

"走过。那年,跟爸来,也是这样钻的。没错,走,跟着我。"

我心里暗自庆幸,幸好听妈的话,让他来送我,否则,这大包小包的,拖不动,扛不动,又不识方向,这会,准该哭鼻子了。

几个弯儿一拐,忽见前方灯火辉煌,车站出口处好不热闹,我一眼就看到人头上举起一溜的牌子,都是各个高校来接新生的。

打老远地,我看见一块牌上写着"陕西师范大学"几个字,高兴得大叫:"哎,陕西师大!那儿,你看,在那!有人来接我们了!"我高兴得跳起来,连忙从人丛中挤过去,拿出入学通知书。

那些大学生们热情地接待了我,一个戴眼镜的高个儿男同学忙从我手里接下包,往他们车上送,还叫我们动作快些,说他们夜里还要接三趟新生。

另一个男生走过去,从黑娃肩上往下拿包,问我:"他是你什么人?你哥吗?"

我点点头。

那男生又说:"那好,就一起上车吧。学校有招待所,对家属全部免费。"

黑娃放下包,说:"不了,妹妹交给你们,我就放心了。我在车站上坐会儿,明天天不亮就回。"

那个大学生说:"明天天不亮就回?忙啥?到了西安,还不好好玩玩?难得来一趟,去看看半坡呀、兵马俑呀,去华清池洗个澡呀……来来来,上车。"

"不了,俺家里还有事,地里棉花开始拾了,俺爹俺娘忙不过来。"他说着,就要走。

说话间,车开了。那个大个子男同学看我好像傻了,赶快捅我,说:"咦,跟你哥说再见呀。"

"哥……"我从车窗伸出手,一下子觉得心里泪汪汪的,好想哭。

他一听,连忙笑着对我挥手。

我第一次看到他笑。

(刘殿学)

(题图:黄全昌)

我的母亲是修女

自从母亲离开我之后,我一直恨她,刻骨铭心地恨。有时恨到深处,我甚至会找个东西假想是母亲,然后对着它拳打脚踢,直到没了力气才住手。

说起来,我的母亲是一个修女,是那种甘愿把一生献给上帝而不结婚的人。"文化大革命"那阵子,宗教信仰都被视作封建迷信,我们那里的教堂也被强行关闭,人员被遣返原籍。几乎所有的人都回去了,到最后只剩下两个人,一个是年方二十的小修女,另一个是教堂里的小神父。他们两个人都是孤儿,从小在教堂里长大,没有什么亲人,于是只好让他们留了下来。

不知是谁,突发奇想:既然空荡荡的教堂里只有他们一男一女两个人,那为什么不可以凑成一对夫妻呢? 这个想法够刺激!

造反派们兴奋起来,于是便分头去找他们说这件事。但是一次次地劝说,换回的都是无言的拒绝。

造反派们恼了:一对帝国主义的洋奴,敬酒不吃吃罚酒,想造反啊? 他们不由分说,强行把修女和神父关进一间屋子,想逼迫他们硬成夫妻。

许多天过去了,可是,造反派的阴谋并没有得逞。于是他们一计不成又生一计,把两个人放进一个不足四平方的干井里。那时,正是冬天下雪的天气,他们只给了两个人一条被子。可尽管这样,修女和神父还是不肯屈服,第二天,当太阳照在干井里的时候,造反派发现井中的一男一女两个人各守一个角落,一条被子被中间截开,两个人各拥半条。

这下造反派彻底没辙了,于是便对他们说:"既然你们不愿做夫妻,那好,明天就罚男的去劳改,女的呢,随便送给谁算了,反正乡下光棍多的是。"

这话犹如晴天一声霹雳,直到这时候,修女和神父两个人一直都很安和的眼中,才第一次流露出惊恐与不安。造反派们很是得意,终于又改造了两个帝国主义的"洋奴"。

这天晚上,修女终于犹犹豫豫地向神父靠拢,而神父也终于没有拒绝。月光透过窗子照进屋来,照在两个人的身上……

就在这时候,"哇——"屋外突然响起一阵欢叫声。原来,那些造反派一直悄悄候在屋子外,就等着想看好戏哩!

这是何等的耻辱! 神父大喊大叫地从屋子里冲出去,找那些人拼命。但又有什么用呢? 除去饱受一顿拳打脚踢,竟然还被人在身上洒了一通小便。

第二天,教堂旁边通向城外的那条河里,浮起一具尸首,眼睛睁得大大的,很是吓人。当时,没有一个人敢走上前去,就见那修女一言不发地跳进河里,把尸体背上岸,整理好,然后又背到城外,默默地掩埋入土。

十个月以后,修女生下了一个男孩,那就是我。在我的记忆里,母亲似乎从不说话。甚至于当我被别人骂,被别人打了,她也是一言不发,拉了我就走。记得有一次,是我打了别人,她硬拉着我上别人家去赔罪,被别人唾了一脸,也还是一声不响。

十四岁那年,我考上重点高中,要到学校去住宿。毕竟是我的母亲,晚上,我走进她的房间,想在离家的时候,好好和母亲说说话。可是,母亲依旧一言不发,末了,只是幽幽地对我说:"明天,我要走了,回教堂。以后,你要多照顾自己。"

第二天,走在通往教堂的路上,我不停地哭,我想用泪水唤回我的母亲。可是,母亲却连头也不回,径直地走了。我忍不住蹲坐在地上,号啕大哭。哭了很长时间,我突然意识到:以后,在这个世界上,我再也没有一个可以依靠的人了。我对着母亲远走的背影,大声哭喊着:"我恨你,我恨死你了!"

高中三年,我只知道拼命地读书,最终如愿考上了医科大学。

那一次,老师分给我们一个试验项目,观察一群小白鼠的癌变情况。我们例行为小白鼠接种病毒,可是没过几天,就发现其中有一只小白鼠的腹部超常规地隆起,这显然不是病毒引起的,经检查,它怀孕了。

时间一天天地过去,小白鼠被接种后在身上出现的毒瘤一天天地长大,与此同时,那只怀孕的小白鼠肚子也越加隆起。这一天,按照我们的试验进程,从这群小白鼠的受毒时间推算,应该是它们结束生命的时候了。上午,我拿了消毒器具准备去做清理工作,猛地发现倒下的那群小白鼠周围,多了四五只红色的小东西。原来是那只怀孕的小白鼠生了,而且它竟然还活着,只是显得很疲惫,身上已经没多少肉了,所以那毒瘤也就特别显眼。只见它双眼紧闭,喘着气,猛地转过头来,对着那只毒瘤子狠命地咬了下去。我一时惊呆了,眼看着那小白鼠一口咬下去,血流如注,但它还是不松口,直到把瘤子全部咬下来,它才安静下来。

随后的事情简直是奇迹!虽然那小白鼠瘦得几乎不成样子,但每天还是努力地吃东西,它的几个孩子也不停地吮吸它的乳汁,一天天地长大。不知怎的,一股悲凉之情刹那间从我心头升起,这些小白鼠使我联想起自己的身世,我不由黯然神伤。

那天清晨,我照例又到实验室去,几只白鼠孩子在笼子里活蹦乱跳的,而那只白鼠妈妈却一动不动地躺着,它死了。我心里一顿,再算了一下日期,这一天正好是白鼠孩子的断乳期。我幡然顿悟:白鼠妈妈是出于母亲的本能,才顽强地活了下来。

呵,母亲!我猛跌坐在地上。我仿佛听见一个遥远的祈祷之声,突然也停住了。那是我的母亲么?

我明白了,我其实是不应该到这个世界上来的,如同这些小白鼠一样,因为,我的存在是母亲的耻辱,我的成长也时时刺激着母亲的痛苦。我是辱没了父母最神圣的东西的结果,但母亲依旧忍受着世俗的羞辱,将我养到可以独立的时候。

我不顾一切地踏上回家的路,满怀内疚,虔诚地守候在母亲的教堂门口。一位年长的修女接待了我,我还没有说出母亲的教名呢,她就像早就知道了我会来似的,径直把我带到一个屋子里,对我说,"你母亲昨天刚刚到另一个世界,她知道你迟早会来,托我把这些东西给你。"

年长的修女缓缓地打开柜子门,捧出一叠衣服,说:"这些都是你母亲为你做的,从你十四岁读高中开始,她每年做两套。你可以清点一下。"

望着这些由小到大的衣服,我喃喃问道:"母亲,母亲临死前没有说些什么吗?"

"没有。"年长的修女对我说,"她只说,你要是问,就指给你看这扇房门,和桌上的这盏灯。"

我的泪水"哗哗"地流了下来,我仿佛看到油灯下,一个瘦弱的修女就着昏黄的灯光,一边做着永远送不出去的衣服,一边望着门外,等候一生不会再见的儿子。

呵,我的母亲!

(原　兴)　(题图:杨宏富)

换妻

我是个地地道道的农民,有个贤惠漂亮的妻子。村里人都说,我妻子是用三两肉换的。你不信?那我就给你说说我换妻的故事。

"文化大革命"那阵子,"割资本主义尾巴"正割得起劲着哩,那时候,我已经将近三十岁了,我爹娘一直为家里穷得娶不来儿媳发愁。看着爹娘终日愁眉不展的样子,我心里很不好受,我安慰爹娘说:"就咱三口人还吃不饱肚子呢,要个媳妇咋养活?我不想那号事,少个人还少操份心哩!"话虽这么说,可我心里做梦都想娶媳妇。

这一年年底,生产队穷得没给社员发一分钱。春节快到了,咋过年呢?幸亏队里还偷偷养了两头猪,便连夜宰了,平均每人六两肉,一一过秤,分给各家。

就这样，我家三口人，分得了一斤八两肉。那时候，穷归穷，过年的规矩还是少不了的。我家老亲旧眷多，我爹的辈分又大，所以来拜年的客人就多。按照我们这儿的风俗，大年初二开始走亲戚，这些客人并不是同一天来，而是根据辈分的高低和关系的远近，分期分批来的。我爹算了一下，单计划内的客人就有九起，如果冷不丁再冒出另外客人的话，那便是十起甚至十几起了。

我们乡下人好客，平日里家里来客，都舍得拿出最好的东西招待。过年嘛，更马虎不得，如果怠慢了客人，传出去，往后哪再有脸见人？可是要来的客人太多，而我们即使自己一点不吃，也就那么一斤八两肉，怎么办？

爹琢磨了半天，商量着对娘说："咱不如把来客暂且按十起计算，把这一斤八两肉分成十份，每来一起客人，就招待一份。肉是少了些，可怎么说也是肉呀，而且我们还可以在刀口上下功夫，你尽量切得薄一点儿，小一点儿。"

我在一边越听越别扭："爹呀，亏你老人家想出这么个好主意，大过年的，拿一两八钱肉招待客人，拿得出吗？那不把祖宗的脸都丢尽了！"

我爹本来就不顺心，一听我这话不由得火了，拉开嗓门朝我吼道："你以为我愿意这样啊？有能耐你小子来做！"

爹一气之下"退居二线"了，把这尴尬事儿丢给了我。我想想自己虽说成不了家，可近三十的人了，是该为爹娘分忧了，我来就我来吧！

我盯着这一斤八两肉动开了脑筋，一个个方案跳出来，又一个个被我否定。不过，我铁蛋到底是上过几年学的人，这事儿最终难不倒我。我想了一会儿，就想出一个妙主意。不过，主意好是好，却有一定的冒险性，万一失手，后边的戏就没法唱了。可是眼下别无选择，只有这么做。

转眼间到了大年初二，第一起客人就来了。我把娘的小围裙往腰里一扎,挽挽袖子下灶了。我先把一斤八两肉放锅里煮着,然后抱出一棵白菜,拦腰一刀,叶归叶,帮归帮,各切成长条备用。随后,我又挑出一个红皮萝卜,一个青皮萝卜,洗净,各切成片儿。待这些事儿做好,肉也煮得八成熟了,我把肉捞出,加入大葱、蒜苗和盐末,装一个碗里,放后锅里蒸,然后又用前锅炒了白菜叶、白菜帮、红萝卜片、青萝卜片四个菜,每个菜里浇一勺肉汤,余下的肉汤藏到柜里留着以后几天用。

红日当午,饭菜端上了桌,客人们简直看傻了:四素一荤,红白相映,特别是中间那碗肥肉,香喷喷,油花花,块头大得惊人。在那贫困的年代,哪见过这么丰盛的招待? 客人们为受到如此厚遇而不安,他们连连道谢:"太破费了! 太破费了!"

吃饭中间,客人们的筷子只在四个素菜里出入,碰都没碰那十分诱人的大块肥肉。因为乡下人做客很讲究吃相,那么大一块肉,谁也不愿去动第一筷,以免落得个"贪吃"的坏名声。新年新节,丢人现眼的事谁也不愿干,就连小孩子也紧盯着大人的举动。大人咬口馍,他也咬口馍;大人夹一片萝卜,他也夹一片萝卜;甚至大人放下筷子聊几句话,他也放下筷子认真地听。因为临出门时,大人再三叮嘱过:到了外边就是客人,客人就得有客人相,如果乱了规矩,下次就不带你走亲戚。就这样,直到这顿饭吃完,那碗肉丝毫没动。

我不禁洋洋得意起来。爹娘虽说也高兴,可毕竟这是第一天,他们的心还悬着哪!

大年初三,第二起客人来,我依法炮制,把那碗肉馏一馏,再次恭恭敬敬地端上桌。客人们对我的厨艺赞不绝口,可依然不好意思伸筷子,一顿饭吃完,那碗肉仍然不缺分毫,又被我小心地收进柜子。如此这般,整个过年期间,我家共招待了十一起客人,那碗肉就是没人动一下筷子。这一来,爹娘可高兴了,他们夸我说:"这小子,有心眼!"

眼看大年过了，该来的客人都来过了，爹说："这肉再放下去，不坏也要坏了，没人来了，咱们明天吃了它！"

第二天中午，我娘正在灶上忙着，忽然我家房门被推开了，进来一个不认识的老汉。我上去一问，原来，这老汉是到我们邻居家走亲戚，碰上铁将军把门，人不知去了哪里，老汉找人找到我们家来了。我一看老汉年纪挺大，便把他让进屋里："老伯进屋歇歇，没准他家的人一会儿就回来。"

可是，老汉在屋里坐了好一会儿，就是不见邻居家有人回来，老汉不好意思，急得要走。我心想：不就是一顿饭吗？这么大年纪的人了，怎么能让他空着肚子上路？我拦住老汉说："邻居的客人就是我们家的客人，哪能让客人不吃饭走呢？"爹娘也一起拦。

老汉见我们一家人留他真心实意，便留了下来。午饭一端上桌，老汉惊呆了，他没想到他会受到四素一荤的厚待，特别是那一碗蒸肉，块头大得出号了，可见这家人待人有多么厚道。

因为年已经过了，不必再考虑后面还要招待什么客人，所以我刚才在灶上，已经按着"六六大顺"的意思，把这块一斤八两的肉平均分成了六块。我夹起其中一块肉，塞进老汉的碗里，老汉感动得两眼泪花："不怕你们笑话，我过年还没尝过肉味呢！"

后来老汉回到家里，一直念叨我们的好处，总觉得好像欠了我们天大的情分，这情分不报答，就吃不香睡不安。老汉有个女儿，已到了出嫁的年龄。老汉想：这么厚道的人家，我何不把女儿嫁给他。老汉跟老伴一商量，就请了个媒人到我们家来了。这细枝末节当然都是我妻子后来告诉我的，否则，我怎么会知道得这么清楚？

因为我娶媳妇是由那顿饭引起的，而那顿饭的核心内容是那块蒸肉，而那块蒸肉的重量正好是一斤八两除以六，所以村里人戏说，我的媳妇是三两肉换来的。

（吴庆安）

（**题图**：刘斌昆）

无悔的选择

　　我的家在离县城二十多里的一个贫困山村里，父亲是一位民办教师，母亲是个地地道道的农民，家里还有一个比我小两岁的弟弟。我们一家人尽管过着清贫如水的日子，但我们的生活一直是和和睦睦的，我和弟弟学习都很努力，考试成绩总是名列前茅。爸爸经常高兴地看着我们说："自古状元不就是出在穷人家的嘛！"

　　日子要是一直这样下去，我和弟弟即使成不了最拔尖的人才，也一定会走出这个穷山沟的。然而，我15岁那年发生的一件事，却改变了我的整个命运。

　　记得那天中午，爸爸大步流星地从学校回家，"啪"把一个信封重重地甩在炕桌上，一碗粥险些被打翻。妈妈看了他一眼，说:"什么事这么高兴,莫非捡了个金元宝?"爸爸乐呵呵地说:"这可是比捡金元宝还好的事!"我抢过来一看,马上惊叫起来:"太好了,爸爸考上师大了!"原来这一年,是"文化大革命"后恢复高考制度的第一年,爸爸不管有多少人泼冷水,天天早起晚睡,拼命温习功课,毅然参加了考试。如今喜从天降,他这个民办教师顷刻之间就成为一个大学生了。

喜气笼罩着全家,在以后的日子里,一家人都高高兴兴地为爸爸收拾东西。可我们毕竟是个穷家,那时候,我和弟弟都在镇上读中学,爸爸一上省城,家里就剩妈妈一个人了,我们父子三人的学杂费和家庭的全部负担就落在了妈妈一个人的身上,这行吗?一谈到这些具体问题,家里的空气顿时就沉闷下来。可是,妈妈却很坦然地笑着,给了我们最响亮的回答:"没问题,为了你们,再苦我也不怕,再累我也心甘情愿!"

为了替爸爸妈妈分忧,我和弟弟决定利用这个假期去卖冰棍儿。那天的天气真热,我们走村串乡转了大半天,箱子里只剩下一根冰棍了。我对弟弟说:"这根快化了,你吃了吧。"弟弟抿了一下嘴唇,说:"不,还是你吃吧!"我们正在推来让去,忽然听见一个熟悉而又沙哑的声音:"收破烂啦!"

我们顺着声音望去,只见一个戴着破草帽的人骑着一辆老掉牙的自行车,"吱吱扭扭"地过来了。"啊……"弟弟几乎喊出声来,我赶紧捂住他的嘴。因为我发现这人不是别人,正是我们的爸爸,全乡唯一的大学生。为了减轻妈妈的负担,他每天出去说是做家教,谁知他是在……我和弟弟躲在一边,生怕被他看见,伤害了他的自尊心。我们流着泪水看着爸爸走远了,再低头一看,那根冰棍儿早化了,与我们的泪水和在了一起。那一刻,我和弟弟暗暗发誓:一定要像爸爸那样,再苦再难也要成材!

谁知天有不测风云,半年之后,我们坚强的妈妈病倒了。她是为了我们这个家累坏的呀!事实再清楚不过了,为了妈妈的身体,我和爸爸之间必须要有一个人退学。爸爸看一眼昏睡着的妈妈,说:"我退,你年轻,前途要紧。"我看着爸爸,那颤抖的声音就像一把尖刀,扎在我的心口上。"文化大革命"已经耽误了爸爸的求学之梦,如今,好不容易有这样的机会让他梦想成真,怎么能再让他中途而止呢? 我摇摇头,对爸爸说:"不,你有今天多不容易,说什么也不能退学。"

我们谁也说服不了谁,声音不知不觉大了起来。这时候,只见妈妈突然睁开眼睛,双手用力支撑着,看样子要坐起来,我赶紧扶住她,并且在她的身后加了一个枕头。妈妈很吃力地说:"你们的话我都听见了……我知道你们都喜欢读书,谁也不能退。眼下是有困难,可是挺一挺不就过去了?"我和爸爸都拼命摇头,我们知道再这样下去,会把妈妈拖垮的。可妈妈却一下子从炕上下来,哭着说:"我求求你们了,你们都给我回学校去……"说着,竟跪在了地上。

我和爸爸哭着把妈妈扶起来,弟弟这时也进来了,一见这情景也哭了起来。一家人哭成了一团,最后还是我和爸爸、弟弟答应了妈妈,我们去上学。

第二天,我是一路哭着去学校的。到了学校,妈妈的影子总是在我的眼前晃动,鼓励我加倍地努力,所以我的成绩一直是头一名,还被同学们推选为班长。有一次班会上,老师要我介绍经验,我流着眼泪说:"我真的没什么可说的,我……"我想说我有一个好妈妈,但是,话到嗓子眼就哽咽住了。

一个月以后的一个星期六的傍晚,我像往常一样走二十多里山路回家。当我刚刚爬上进村的山岭时,就看见一个人正挑着柴担步履蹒跚地下坡,也许是担子太重,也许是山路太陡,那人脚下一颤,竟连人带柴一起滚下了山坡。我不顾一切地跑了过去,把那人扶了起来,想不到她竟是我的妈妈。妈妈昏过去了,脸上划出了好几个血口子,脸色像窗户纸一样苍白。我心痛地背起妈妈朝家走去,一路上,我心里真是好酸好酸,滴滴答答的泪水洒在了崎岖的山路上,我不敢想像,如果我们再读下去,妈妈会是什么样儿!

爸爸要到寒、暑假才回家,所以我理所当然地做出了我有生以来的第一次重大选择,那就是:坚决退学,和妈妈一起撑起这个家。

回学校以后,我开始实行我的计划。我知道,我完全可以向学校说明真实情况,要求退学,但那样的话,即使我退学成功,爸爸还会牺牲自己,重新把我送回学校,我必须自己把自己重回学校的路堵死。于是我故意和同学吵架;上课的时候,故意顶撞老师;在考场上,更是接二连三地故意看别人的答卷。我原本以为我这样做了,就能达到目的,谁知同学、老师只是奇怪地看着我,或者轻声问一句:"你这是怎么啦?"

面对同学老师的这般宽容,我心如刀绞,每天晚上,我只能蒙着被子,偷偷地在被窝里哭,可到第二天,我还得故意装出一副若无其事的样子,继续在课堂上惹是生非。我用尽了一切我能想到和做到的办法,可是都无济于事。万般无奈之下,我只好在校长面前跪了下来,把一切都告诉了她。我哭着求校长:"帮帮我,帮帮我吧!"

校长流泪了,她为我设计了很多方案,想尽量留住我。可是实在因为不仅仅是钱的问题,母亲需要我的照顾,学校同意了我的要求。

我终于退学了。第二天,我趁学校早操的时候背着行李,打算悄悄地离开。我一路低着头,不敢再看这里的一切,老天爷好像也在为我伤心,竟淅淅沥沥地下起了雨。谁知刚出校门,耳边忽然响起了令我吃惊的呼喊:"班长、班长……"我抬头一看,啊,我们班的同学全来了,眼睛里都含着泪水。啊,校长和老师们也来了!校长抚着我的肩,把一叠高一年级的教科书塞进我手里,说:"自学也能成才！过些日子,老师会来看你的。"我只觉得自己脸上湿漉漉的,雨水和着泪水一起往下流。

这么好的同学,这么好的老师,我真舍不得离开他们,可是为了我的妈妈,为了我的爸爸,为了我的弟弟,为了我的家,我已经别无选择。我对着老师和同学深深地鞠了一躬,猛一转身离开了学校。

妈妈见我突然回家,惊得张大了嘴半天没合拢,我一下跪倒在她面前,不争气的泪水"哗哗"流了下来。我抱住妈妈的双腿,说:"妈,我、我,学校不会再要我了,就让我和你在一起吧!""你、你——我的儿呀!"妈一下瘫坐在地上,拉住我抱头痛哭,"都怨我不争气,连累了你……"

从此,我稚嫩的双肩就扛起了这个快要倾斜的家。多少个烈日下,我瘦小的身躯挑着沉重的粪桶,出没在崎岖的山路上;多少次暴雨里,我在田头犁着我从来没有犁过的地。我不知摔倒过多少次,又坚强地爬起来。我对自己说:"没关系,你已经16岁了!"令我欣慰的是,由于我的回来,妈妈的脸色渐渐红润起来,尽管她常常暗自垂泪,可也时时露出抑制不住的笑容。

这天晚上,我做完了一天的活,正给妈妈讲着开心的事,忽然门被撞开了,我和妈妈吓了一跳。我们还没明白过来是怎么回事,一个怒气满面的人出现在我们面前,他就是我当时最怕见到的人,我的爸爸!妈妈想问爸爸为什么没放假就回来,还没顾上开口,爸爸已经冲到我面前,伸出他那有力的手掌,狠狠地扇了我一巴掌,嘴里还骂道:"你这个不争气的小兔崽子,说,你在学校里都干了些什么?"爸爸这一掌太狠了,我顿时觉得两眼直冒金星。当爸爸第二掌要打过来的时候,妈妈对我大声喊道:"你非让他打死你呀,小祖宗!"我这才如梦方醒,一个腾身从窗户里跳了出去。爸爸要追出来,妈妈死死地抱住他的腿,说什么也不放开。

　　我一口气跑到村外山头上,再也忍不住了,放声大哭起来。我心里非常难过,爸爸不明真相,朝我发脾气,可以理解,可他为什么不能先问一问我呢? 尽管事情处理得不是那么尽如人意,但我毕竟才是一个刚刚16岁的孩子呀! 我蓦地感到非常非常的委屈,竟鬼使神差地朝悬崖一步一步走去。就在我来到悬崖边上,把眼一闭,准备给我的人生画上一个句号的时候,突然耳边传来妈妈的喊叫声,我猛地回头一看,除了远处的山峰和脚下的岩石之外,什么也没有。我一下明白过来了,如果我刚才跳下去,那么我所做的一切就都白费了,我就更对不起这个家了。

　　就在我要往回走的时候,我看见山路上有两个人影,高一点的是爸爸,他搀扶着的是妈妈。步履蹒跚的妈妈一边走一边喊着我的名字,爸爸看见我,立刻松开妈妈,快步迎了上来,紧紧地把我搂在怀里。他的劲太大了,我感到浑身的骨节都生疼,可是我又感到很温暖,这毕竟和刚才那一巴掌不一样呀! 我察觉到爸爸的泪水滚落下来,滴在我的后脖子上,是那样的火烫。爸爸哽咽着说:“我的好儿子……”我也说不清那时怎么竟说出这样的话来:“爸爸,你要安心读书,家里的事有我呢!”随后,我便把学校的事情一五一十地说了一遍,爸爸和妈妈只是默默地擦着眼泪,什么也没说。

　　一眨眼,这都是好几年前的事了。现在一切都好了,爸爸以最优异的成绩毕业了,弟弟也考上了大学,最让我欣慰的是妈妈的身体也好了起来。我自己也运用学到的科学知识致了富,成了远近闻名的“土状元”。虽然我自那次跨出校门后再也没有回学校,放弃了上大学的理想,但我对当初的选择半点儿也不后悔。因为在我的生命里,我凭着16岁时的毅力和勇气,支撑起了我亲爱的家!

(李早荣)

(题图:黄全昌)

家里钻进一条毒蛇

那天早上，我正在家门口晨练，猛听到一阵阴冷的"嘶嘶"声，低头一看，只见杂草中窜出一条毒蛇，足有一米长，全身长满幽暗的花斑，毒信一闪一闪的，在追一只小蛤蟆。那蛤蟆慌不择路，直向我家门前蹦来，我吓得倒吸一口冷气，慌忙从地上捡起一块砖，对准毒蛇砸去。谁知没砸着，那蛇受了惊吓，反而加快速度向我窜来，于是我赶紧瞅准机会又捡起一块砖，朝它扔去。砖头砸着了毒蛇的尾巴，只见它在地上滚了一下，就一头窜进我家门里去了。

"完了！"我直捶脑袋，我家大大小小五间房啊，钻进一条毒蛇，到哪里寻？谁敢去寻？那不是找死？

我瘫在地上，心想：家里是不能住了，干脆到哥们家去躲几天,等毒蛇走了,再回来。可锁门时才发现,那门严丝合缝,毒蛇就是想逃,也无法从门缝里逃出来。再一想:我若是走了,又怎样证实毒蛇逃没逃出家门呢？如果不能亲眼证实,以后还怎么安心在家里住呢？我只好重新打开门,指望那条毒蛇快点逃出来。

眼看上班时间快到了,可那条蛇就是不出来。我心里突然想到了老婆,得给老婆报警啊,不然,我上班去,她回来了咋办？

可一想到老婆,我的脑袋就炸:老婆已经二十多天没跟我说话了,住一屋像仇人。夫妻闹成这样,就为了一张照片。年前,我到省里参加网友聚会,大伙在一起拍了好多照片,其中有一张是我和一个女网友拍的,当时做了什么表情忘了,洗出来才发现,我笑得很不地道。妻子于是就认定我在省城出问题了,为这么点事,要跟我离。昨晚,她干脆没回来。

闹归闹,可我不能不管她啊,于是就写了张纸条贴门上:家里钻进一条毒蛇,勿进。我将毒蛇锁家里,上班去了。

中午,我急火火地赶回家,看样子,老婆没回来过,那纸条依然贴在门上。我把门重新打开,又不敢进去,只好坐在门口守着,巴望着这个时候毒蛇能自个儿出来。就在这时,老婆骑摩托车回来了,像没看见我似的,径直往屋里走。尽管我发过毒誓不先跟她说话,不过危急时刻还是大喊了一声:"别,家里钻进一条毒蛇。"

老婆吓了一跳,收住正要迈进家门的脚,狐疑地望着我。我将刚才的话又重复了一遍,老婆愣了愣,很快嘴巴扁得像瓢,冷笑道:"你以为我会相信你？"我的冷汗"刷"地就冒出来了。我承认,我以前一共说过十八次谎话,将咖啡厅说成办公室,将跳舞说成开会等等,可天地良心,我也只是玩玩而已,绝对没有做过对不起老婆的事。

可老婆就是不懂我的心,朝我鼻子一哼,说:"是不是你将狐狸精勾引到家里来,要占窝?"她抬腿又要往屋里冲。我知道我再解释也是白搭,可又不能让她进屋,于是只好一把抱住她。可我抱得越紧,她挣得越凶,下午,咱们两口子旷工了,一直像扭麻花一样缠在门口。我家住在城郊,周围没什么闲人,连劝架的人都没有,眼看我老婆都快闹虚脱了,我也没了一丝力气。就在我喘气的时候,老婆挣脱我的手,像疯子一样冲进屋里去了。

我脑袋"嗡"地一炸,女人的嫉恨心真是可怕,如果今天不让她进屋瞧明白,我跳进黄河也洗不清。但是毒蛇真要出来了,怎么办啊?我顾不了什么了,操起一块砖头,视死如归地跟了进去。老婆首先冲进卧室,角角落落找了一遍,又到卫生间和能够藏人的房间去查看了一番,我一直脚跟脚地紧随在她后面转,一双眼睛将角角落落瞅得发蓝,生怕那毒蛇忽然袭击。曾经那么温馨的家,此刻在我的眼里突然变得那么杀气腾腾。

老婆虽然没搜出什么,但看我紧张得两腿发颤,一头冷汗,她的眼更横了,脸更长了,嘴更歪了:"屋里没藏人,你紧张啥?"我声嘶力竭地喊道:"没人,但有蛇。"我还是用力将她往屋外推,想赶紧脱离险地。

这当口,她手机响了,好像是有人找,她瞧了我一眼,急匆匆出了门。我在后面喊:"今晚千万别回来,到娘家去躲躲。"老婆本来已上了摩托车,一听这话,就又下来了,冲到我面前,凶巴巴地说:"你给我听清楚了,这是我的家。要走,也不是我,你滚!"

我真是哭笑不得,想来想去,只好给岳母打电话,说家里钻进一条毒蛇,让她今晚千万劝女儿别回家。可怎么也没料到,岳母居然跟她女儿说话一个腔,冷笑道:"你是不想让她回家吧?这事我管不了!"

放下电话,我欲哭无泪,想破脑壳,终于想到了可爱的人民警察,于是,赶紧拨110。接电话的是个女警,她说:"先生,你不要怕,我们马上为你联系一个捉蛇专家。你现在不要进屋,你到

110 指挥中心来一下。"我捏着电话,激动得热泪盈眶,终于有人相信我们家钻进毒蛇了!

我赶到指挥中心,向警察详细说明了我家钻进毒蛇的情况。有关我和老婆闹别扭的事,我本来想说其中潜在的危险,瞧着接待我的女警是个大姑娘,我觉得很不好意思开口,就没说。110 联系的那个捉蛇专家,正好在外地捉蛇,最早也要第二天早上才能赶回来,警察要我回去保护好现场,等捉蛇专家一到,马上就行动。

我赶回家,天已经黑了。家里的门大开着,老婆正悠闲地坐在客厅里看电视。我吓得腿都软了,心惊肉跳地求她说:"姑奶奶,我这回绝不是和你闹着玩的,那条毒蛇说不准啥时候就钻出来咬你一口,你还是回娘家去吧!"老婆冷笑一声,较着死劲儿说:"今晚我哪都不去。别说是蛇,就是有毒蟒藏家里,我也不怕。"老婆拿出一副犟死牛的样子,冷着脸做这做那,后来,干脆就一个人呼呼大睡起来。而我却不敢睡,房里的灯一直亮着,我拼命睁大眼睛,警惕地注意着房里的动静。

第二天一早起床时,我两腿一软,在床前跌了一跤,老婆迟疑了一下,上来扶了我一把。她看我熬红了一夜的眼睛,不由问:"你一夜没睡?"我像一个受了委屈的孩子那样抽抽鼻子,没回答。

这天正好是周末,上午八点多,一个警察和一个长着山羊胡子的人到我家来了。山羊胡一到,就将我和老婆撵出了家门。警察告诉我,这个山羊胡就是捉蛇专家,老婆这才相信我家真钻进蛇了,站门口不停地拍胸口。我呢,再没给老婆好脸色!

山羊胡在我家各间房转了一圈,很有把握地说:"这东西还在屋里。"他掏出随身带来的包,从里面拿出一个皮人,充上气,我一看,妈呀,那皮人躺地上,简直跟真人一模一样。山羊胡在皮人身上抹了一点油,然后从怀里掏出一支绿幽幽的骨笛,盘腿坐皮人附近吹起来。大家屏住呼吸，紧张地盯着屋里，大约十分钟后，从老婆昨晚睡的房里，果真传出一阵"嘶嘶嘶"的声音，眨眼间，一条蛇飞快地从房间窜到客厅，游到皮人身边不动了，随后它看了看皮人，慢慢地就往皮人身上爬。我吓得背上起了一层鸡皮疙瘩，眼一瞥，发现老婆不知什么时候已经吓得捂上了眼睛，连见多识广的警察也惊呆了……

山羊胡的笛声终于停了，那条蛇已盘在了皮人的脖子上，舒服得再也不动了。山羊胡走上去，将蛇的七寸捏住，像提草绳似的把它提了起来。

我坚持要给山羊胡买条好烟，山羊胡乐呵呵地说："不用了，我今天有这下酒菜就够了。"说着，他抖抖那条蛇，"这是条菜蛇，没毒。"

就在这时候，老婆突然一把抱住我，泪流满面。我摸着老婆的脸说："原谅我啦？"老婆亲着我，喃喃道："一个彻夜守护老婆的人，要变心都难！"

（阮红松）

（题图：刘斌昆）

偶的情感世界

我们周围的世界的确灿烂辉煌，但更加辉煌的是我们心中的世界：在那里，有歌声荡漾的土地；在那里，有诗人的故乡。

樱桃如血

　　五一劳动节放假七天,我和女友到黄山玩了一趟。返程的火车要经过家乡的小城,我临时决定回家去看望父母,也让女友上门。女友开始有点犹豫,说是太仓促了,她连一点准备都没有。我说:"以后不知什么时候再有空了,请假挺麻烦,再说结婚也需要花钱,总得争取家里的支持呀!"

　　我最后一句话打动了女友的心:我们都刚刚参加工作,手头紧巴巴的,为了筹办婚事还闹过几次别扭,能够从父母身上"抠"一点下来当然更好。女友同意了,但一想到马上就要和我的父母、家人见面,她有点惴惴不安。

　　从黄山回来的人很多,火车上挤得水泄不通,我们是托朋友提前买的票,这才有了座位。到了临近家乡的前两站时,车上忽然拥上来一群卖东西的小贩,向旅客兜售着手里的饮料、香烟、水果、书刊什么的,他们在人堆里挤来挤去,使本来就拥挤不堪的车厢更加拥挤,过道上站的人被他们挤得东倒西歪,苦不堪言,于是便引起了一片骂声。

我们坐的是两人的位子,我坐在外面,女友坐在里面,靠着窗。卖东西的人一次次挤来挤去,我不得不一次次挤向里面的女友,这使得女友非常生气,她不耐烦地叫着:"干什么呀! 真讨厌!"

忽然,我听到一个熟悉的声音在喊:"樱桃,樱桃! 甜甜的樱桃!"我心里一颤,朝声音传来的方向看去,只见一个白发苍苍的妇女双手护着胸前的挎包,正奋力地在人群中挤着,不,她简直是在挣扎着! 她憋红了脸,满脸都是汗水,衬衣也湿了,贴在身上。而她,正是我的母亲!

我惊呆了,母亲的眼睛在车厢的四周机警地扫视,寻找着可以向她买樱桃的人。她的目光扫到了我的面前,扫到了坐在一旁的女友身上,我正要喊母亲,她瞪了我一眼,我知道她瞪这一眼的意思:这地方,这样子,"婆婆"怎好认从未见过面的"媳妇"? 这时,母亲没有多犹豫,她飞快地看了看我的身边,突然扭转头,向前冲去。

"樱桃! 我买樱桃!"旁边的女友忽然站起来喊道。母亲惊慌失措地停住,挤到我们跟前时,她已经恢复了镇静。母亲报了价:"一块钱一袋。"女友撇撇嘴,不屑地说:"一块钱三袋还差不多。"

母亲什么也没说,从挎包里取出三袋樱桃,放到我面前的茶几上。女友付了钱,我看到母亲接钱的手不停地在颤抖着……

我的大脑里一片空白:现在不认,到家后咋办?

母亲正要向前挤去,忽然前面一个小贩冲母亲喊道:"大姐,快,乘警来了!"母亲慌了,她回转身,把她的挎包迅速摘下来,放到我们面前的小茶几上。母亲好像是不经意地扫了我一眼,然后向后挤去。

我知道,母亲是让我帮她照看樱桃,我拿过一张报纸,正要把樱桃盖住,女友却一把抢过挎包,竟然一下子扔向了窗外!

我愤怒地抓住她的肩膀："你干什么!"

"你把我弄痛了!"女友叫了一声,生气地说,"谁让他们挤过来挤过去的啦? 这大热的天,让人难受死了,讨厌!"

我无力地松开了手,脑子里"嗡嗡"作响。对面的两个人刚才目睹了母亲卖樱桃的情景,一个说:"这么大岁数了,还在拼命挣钱,图的啥呀!"另一个说:"还不是为了家!"一个说:"她儿子就忍心她干这个? 这么热的天,中暑了怎么办? 如果再闹个高血压、心脏病的,多危险呀!"另一个说:"我猜她一定没儿子,就是有,也是个没心没肺、狼心狗肺的东西!"

我感到脸在发烧,女友吃惊地望着我,问道:"你这是怎么啦? 脸这么红?"我掩饰着说:"我热——"

过了一会儿,母亲又挤了过来,很显然,她是来拿挎包的。她一看茶几上没有,怔了怔,什么也没说,扭头就走了……

车到站了,我茫然地走下火车。马上就要到家了,我该如何面对母亲? 女友见了母亲,她又会怎么想?

我忐忑不安地回到家里,父亲欣喜地迎了出来。女友问母亲到哪儿去了,父亲说外婆家有点事,母亲到外婆家去了,要几天才能回来,这次见不到她了。我知道,母亲是有意避开我们的。

临走时,父亲郑重地拿出一个红布包,打开一看,里面整整齐齐地码着三叠百元大钞。父亲说:"这三万块钱,是你妈这么多年省吃俭用、一分钱一分钱辛辛苦苦地挣来的,你们用这钱时,要记着妈妈!"我的头"嗡"了一下,我知道父亲说这话的意思。

"还有这个,你们带着路上吃吧。"父亲拎过一个塑料袋,里面是满满一袋像血一样鲜红的樱桃。我知道,这是母亲一大早上山去为我们摘的。

"妈,我对不起您——"我再也忍不住了,"扑通"一声跪倒在父亲面前,放声痛哭起来……

（鲁义斌） （**题图**:箭 中）

你是我的女王

我退伍后到深圳打工，由于长得英俊魁梧，又懂驾驶，很快被一个叫"李子徐"的老板看中，做了他的司机兼保镖。

和别的有钱人一样，李老板背着老婆也在外面养了个"二奶"。我知道自己的身份，反正是不该看的不看，不该问的不问，不该说的更是不说，配合着老板瞒老板娘，所以这一点让李老板很满意。我有时想：自己这么做有点对不住老板娘。不过话又说回来，老板娘若是知道了真相，就是闹个天翻地覆，对她也不见得有什么好处。有些事，能蒙在鼓里还是蒙在鼓里的好。

这天早上，我去老板"二奶"那里接他，回来的路上，老板在车里给我讲他的艳史，还"嘿嘿"鬼笑着对我说："你现在是如狼似虎的岁数，干脆你也养个女人得了。"我红着脸，不好意思地说:"老板,你不要拿我穷开心了,我一个穷打工的,养活自己都难,哪还敢养女人?"老板反问道:"怎么就不能养?有钱的是有钱的养法,没钱的是没钱的养法。"

见我没吱声,老板继续笑着对我说:"事儿说起来就想起来了,还真有这么个现成的女人适合你,那就是我家的保姆小菊。你可别小瞧这小菊,虽然岁数比你大几岁,可人长得标致,又有文化,特有气质,人家是因为婚姻挫折才进城来当保姆的。做老婆或许你看不上,不过做情人玩玩还是可以的。我对你说句心里话,要不是老婆看得紧,这窝边草早就让我吃了。"我听了不置可否,只是笑笑,心想:反正人家是老板,怎么开心怎么说就是了。

我原来以为老板只是一时心血来潮,说说玩玩罢了,谁知他竟来真的了。这天,他让我收拾收拾,要带我上他家,帮我和那个叫小菊的保姆"牵线"。这下我真不知所措了,可不管怎么说,我不敢得罪他,只好跟着上他家了。

老板家富丽堂皇,把我眼都看直了。这是我自上班以来第一次进老板家,也是我第一次见到老板娘。老板娘人很傲,虽然一身名牌,但还是遮不住骨子里的俗气。我见了,心中暗笑:怪不得老板在外面包"二奶",这样的女人怎能拴住男人的心?倒是保姆小菊,给我留下了深刻的印象,她为人和善,对我热情又有分寸,虽然衣着朴素,但一举一动都恰到好处,显得很有教养。小菊除了岁数大了一点点外,应该说是一个很优秀的女人,我还真有点动心了。但我不敢轻举妄动,我清楚,这样的女人,肯定是不屑做我的情人的。

再说老板给我牵线后,总不见我有动静,急了,问我是不是看不上小菊。我叹道:"哪里啊,是人家看不上我,我就别自找没趣了。"老板激我说:"你没试,怎么晓得人家看不上你?高高大大的一个男人,胆子原来比芝麻粒还小,看来要我帮忙喽!"

过了两天,我接到一个电话,是小菊打来的,电话里小菊高兴地说,我给她买的胃药收到了。我一惊,什么胃药? 我什么时候给她买了治胃病的药? 但我很快就反应过来了:这肯定是老板下的套,老板这是在帮我呢! 小菊问我,是怎么知道她患有胃病的,我顺竿子往上爬,就说是听老板无意中说起的。我说,我们这些人在外打工,身体是革命的本钱,一定要善待自己,把身体爱护好。小菊听了很感动——两盒药,就帮我把小菊的心一下拉近了,老板真是了不起!

只过了一天,小菊又给我打来电话了,说她同意和我晚上去"心心结"茶楼喝茶,只是喝茶就喝茶,不该给她买那么贵重的礼物。我又糊涂了,什么贵重的礼物? 小菊嗔怪道:"你还假装什么糊涂呢? 钻戒呀! 我真的好喜欢。"我笑了,这肯定又是老板的杰作。老板为了我,真的大出血了。

在"心心结"茶楼,我和小菊的手紧紧攥到了一起。不久,两人的唇又紧紧地贴到了一起。再后来,我和小菊完成了水与火的交融。事后,小菊流着泪对我说:"你是不是挺瞧不起我的? 第一次和男人约会就上床……"

我捧着小菊的脸,深情地说:"不,小菊,我哪敢瞧不起你? 谢你都来不及呢! 你让我体会到了做男人的幸福。实际上我第一眼看到你就喜欢上你了,我发誓,我一定要娶你!"

小菊苦笑道:"谢谢你这么抬举我,我明白我是一个什么样的人。我结过婚,又是个保姆,我不指望你将来娶我。不过,我真的也喜欢你,能当你的情人我已经心满意足了。"

我听了,把小菊紧紧搂在怀里,心疼地说:"小菊,你不要这么看轻自己,什么二婚,什么保姆,你不比任何女人差! 我一定会出人头地,将来我也要办公司,让你也当当老板娘!"

第二天,我见到老板,很不好意思,我说:"老板,谢谢你!"老板看了我一眼,善意地提醒道,逢场作戏,点到为止,千万别玩出感情来。我说:"小菊是个很优秀的女人,我会娶她的!""什么?你要娶她?"老板惊讶道。"是的,我会娶她的!"我坚定地说。老板一听我这么说,立刻长叹一声倒在椅子上。我心里直乐:老板这是在后悔呢,后悔身边这么美丽的一朵花,让我给采了。

从此,我的心里只装着小菊,恨不得天天和她在一起。后来,我倾己所有给小菊买了一根项链,真正用自己的钱给心爱的人买上礼物。小菊接过项链,激动得热泪盈眶:"我、我不配……我不是你所爱的女人……"我动情了:"小菊,我说过,你是我心中的女王,买项链有什么了不起,我以后还要为你买车买房呢,车比老板的车还好,房比老板的房还大! 你要相信我!""我相信你……"小菊扑在我的怀里,幸福地哭了。

这天,老板把我叫到他家,告诉我,他要移民澳大利亚,手续统统都办好了,第二天就走。老板说,他非常满意我的工作,但没办法,不得不辞退我。听了老板的话,我感到十分震惊。我明白,以后很难再碰着这么好的老板了。我紧张地问:"那小菊呢?""唉,"老板叹息道,"两天前,她做事心不在焉的,把我老婆的一套高档衣服烫坏了,老婆一气之下就把她辞了。""什么? 你们把小菊辞了? 为什么不早告诉我?"老板说:"你不要激动。不是我不想对你说,而是小菊不让我告诉你。"说着,他从口袋里掏出钻戒和项链,"这是小菊让我转给你的,小菊让你忘了她。她说她不是一个好女人,不值得你爱……"

我见到钻戒、项链,再听老板这么一说,一个大男人,一下就泣不成声了。老板开导我说:"天下好女人多的是,一个保姆,又是上了岁数的老女人,犯得着这么动情?""不,不许你这么说我的小菊!"我一抹泪水,瞪着眼睛对老板吼道,"我说过,她是我心中的女王,我爱她! 她不就是躲起来了吗? 可躲到天边,我发誓也会把她找到!"说完,我就发疯似的跑出了老板的家。

老板一家走了。我很后悔,和小菊交往了这么多日子,最后还不知道她自己的家住哪里。我觉得小菊是不会回老家的，只要她还留在这个城里，我就能够找到她。一天不行一个月，一个月不行一年。我一个厂一个厂地找，一条街一条街地找，找我的小菊。我坚信，我的小菊一定就躲在附近，我的诚心一定会打动她的，总有一天，她会跑出来和我相拥在街头，哭得个天昏地暗。这就是爱情！

一天，我正在一家菜场转悠，突然看到一个女人，身影很熟悉，好像是老板娘。我感到诧异，老板娘不是和老板移民澳大利亚了？难道老板带出去的是"二奶"，不是老板娘？顾不上许多了，我忙奔过去，一看，果然是老板娘，虽然衣着不再华丽，臂上还挎了菜篮，但老板娘那张脸我是不会忘记的。"老板娘！"我一把抓住女人的手，亲切地喊道。

那女人一抬头，见一个胡子拉碴、头发蓬乱的男人抓着她的手唤她老板娘，吓坏了。我急切地说："老板娘，你不认得我了？我就是李老板的保镖，就是给李老板开车的司机啊！"那女人顿时大惊失色："不……不，你认错人了！"说着，她挣脱我的手就要走。

我哪里肯放了她？我赶紧说："老板娘，你别误会，我不是想知道你和老板的事，我只是想请你告诉我，小菊她在哪儿，我已经找了她许多天了，找不到小菊我会死的。小菊在你家当过保姆，你肯定知道她自己的家在哪里，我求你了！"说完，我便当着众人的面"扑通"一声在地面前跪了下来。

那女人长长地叹了一声，劝我说："其实，有些事情不知道真相痛苦，知道了真相反而更痛苦，还是蒙在鼓里好啊！"可我不答应，跪在地上就是不起来。那女人泪水忍不住就掉下来了："好，那我就告诉你。其实，我才是保姆小菊……"

"什么？你是小菊？"我惊得目瞪口呆。

我哪里知道，原来自己从一开始就掉进李老板精心布置的圈套里了。李老板虽然家财万贯,可由于自身的原因,结婚多年老婆一直没有生养,李老板决定找人帮他生个儿子,然后全家移民澳大利亚。英俊魁梧的我就是这样被他看上的,先是做他的司机兼保镖,再后来也就是在他安排下,老板娘成了"保姆小菊",保姆小菊倒成了"老板娘",接下来,"保姆小菊"和我好上了……

晴天霹雳!我不敢相信这是真的,然而这一切就是真的!我大病了一场……

（钱　岩）

（题图:安玉民）

善良真好

　　我明天就要结婚了，今天左邻右舍都来帮着做准备，有的扎彩车，有的布置洞房，更多的人则在灶房里准备明天待客的酒菜，欢声笑语此起彼伏，满屋子都透着婚庆的气息。

　　突然，东屋里的电话"嘀铃铃、嘀铃铃"急促地响了起来，正在东屋门上贴"喜"字的爹接了电话就朝我直喊："小志，快来，是找你的。"我赶紧奔了过去，爹把听筒递给我的时候嘀咕了一句："什么人，口气硬硬的。"

　　爹继续贴他的"喜"字去了。我抓起听筒"喂"了两声，就听对方在电话里问我："你是刘明志吗？"

　　这是一个操着生硬普通话的男人的声音，我一时想不起是谁，就问他："不好意思，你是哪一位啊？我听你的声音挺陌生的,我就是刘明志。"

可奇怪的是对方并不理睬我的问话,口气生硬地说:"听说你明天要办喜事了,你的媳妇叫金玲,对不对? 我告诉你,我和你这个媳妇原来在一个地方打工,关系好得很哪!"他把"关系"两个字咬得紧紧的。

我一听,心里顿时就紧张起来:金玲出去打工整整两年了,我们是在她回来之后才定的亲,莫非这里真有什么事儿? 我只觉得浑身的血液都往头上涌,捏着听筒的手直抖。我朝电话里喊:"你是谁? 你告诉我你是谁!"

"我? 我也是个年轻人,"对方在电话里说,"请原谅,我难免会做出出格的事,我……"他按着他自己的思路,把话说到这里时突然打住了。

我拼命提醒自己,一定要沉住气等着他说下去。过了一会儿,只听对方喃喃道:"对不起,我和金玲已经有了一个女儿,都一周岁了,孩子现在在老家,跟着她奶奶过……"

什么? 我脑子里"轰"地一下头就胀大了:"你说什么? 你到底是谁? 你想干什么?"

对方沉默了一阵,话语里带着哭腔:"我想请你劝劝你的媳妇,让她回来吧,她本该是属于我的,孩子需要娘啊! 再说,我娘年纪也大了,照顾不了孩子了。"

天哪,难道他说的这一切会是真的? 金玲不可能是这样的人啊! 我恨得牙齿咬得"格格"响,冲着他就骂:"你胡说,你这是存心要破坏我们的婚姻。"

可对方却不以为然,在电话里"嘿嘿"冷笑了两声,说:"你不信我的话? 那我只好直说了:你媳妇身上是有记号的,她……"

这混蛋! 我实在听不下去了,冲口就吼他:"住口,不准你这样污辱她。你说,你到底是谁? 你现在人在哪儿? 我马上就去见你,咱们见了面再谈。"

可对方支吾了一阵,"啪"的一声就把电话挂了。听着听筒里传来的一阵阵"嘟嘟嘟"的忙音声,我整个人僵在了那里。

爹不知什么时候已经站在了我的身后,在爹的一再追问下,我只好把对方在电话里说的事情告诉了他。爹没吱声,蹲在地上好半晌,才黑着脸憋出一句:"去,把你顺叔叫来。"顺叔是村里的"智多星",平日谁家有了点麻烦事,都找他拿主意。

不一会儿,顺叔就来了,爹让我把事儿一说,顺叔的脸比爹更黑。顺叔压着嗓门说:"其实,这两天村里人都在传这事儿,只是背着你们罢了。现在的闺女呀,说是出去打工,一走就是二三年,天知道她们都在外面干了些啥。"

看着爹和我愁眉苦脸的样子,顺叔说:"我给你们出个主意。你们不是已经给了金玲五千元彩礼钱,还另外给了她五千元买摩托车吗?如果今天退亲,这两个五千元你们肯定拿不回来了。再说了,你们明天喝酒的喜帖都送出去了,如果今天突然退亲,脸面上怎么挂得住?就是对亲朋好友也不好交待。我看,你们不如今天先稳住她,等明天办了喜事,过一夜,后天把她送回娘家去,啥都别说,只给她一句话:'你这辈子就别再回来了。'"

唉,谁让我们家碰上这么倒霉的事呢?虽说我和爹心里别扭,可也只能按顺叔的意思这么做了。

第二天,婚礼如期举行,我尽量装出笑脸,鞭炮声、锣鼓声、欢笑声声声震耳,可在我听来却是显得那么悲凉。我由着那帮年轻人闹,送走最后一批客人的时候,已经是凌晨一点多钟了。

常听人说,女人最漂亮的时候就是当新娘子的这一天。这话果然不假,当我送客回来跨进洞房时,猛看见金玲正端坐在床头,那张俏丽的脸在满屋子金灿灿的灯光映照下更显得妩媚动人。我心里不由一颤,头上冒出了冷汗:糊涂啊,我怎能因为这两个五千元的彩礼钱而再让她今晚蒙羞?我不能泯灭自己善良的本性,毕竟我们相恋过,我得尊重她。

我想了想,走过去对她说:"你回家吧,我送你。"

金玲惊得脸刷白:"你……你这是什么意思?"

我强忍住心头的愤慨,把昨天那个男人打来电话的事,一五一十地说了一遍。

金玲听完后,冷笑了一声,说:"你也不想想,一个你连问三遍都不敢说出自己是谁的人,他有胆量跟我做这种事吗?不过即使你昨天提出退婚,我也一个子儿不会少还你,你小瞧我了!"

金玲的这番话,让我觉得心里很空。那男人说的话到底该不该相信呢?可毕竟事情关系到我自己的将来,宁可信其有!我低着头喃喃道:"我送你回去吧!"

"不必了,我自己认识回家的路。"金玲说完就站起身来,大步向外走去。

望着她跨出门去的背影,我突然醒悟过来:现在都什么时候了,深更半夜的,我怎么能让她一个人回去?我忙喊住她:"你别想不开乱跑呀,我明天不好向你家里人交待。"

金玲回过头来,一字一顿地看着我说:"我不会让你为难的,天亮了我一定会再回来,然后你把我送回去。若是现在回家,我爹娘都睡下了,会惊扰他们的。"

我有些于心不忍,提醒她说:"可是……可是你现在回去与过一夜明天再回去是不一样的,你……你不怕人家笑话你吗?"

金玲却显得非常坦然:"身正不怕影子斜,人家爱怎么说怎么说去吧。"说罢,就出门而去。

我独自在床头坐下,心里却越发不能平静:这是个怎样的姑娘啊,对自己的事情连一个字都不解释。是啊,以她这样的个性,咋会看上一个敢做不敢当的软蛋?这一夜,我辗转反侧睡不着觉,天刚刚亮就急着去开门,等着金玲再回来,谁知我把门打开一看,她正坐在我家门外的石凳上,见我开门,没打招呼就进了屋,默默收拾她昨天带来的衣服。

这时候,我爹我娘放不下心也早早起来了,我把他们拉到一边,说:"金玲不是那样的人,她是个好姑娘。"

娘一听就乐:"我说哩,生没生孩子咋能一样,看肚皮不就全知道了?"

听我这么说,爹心里的石头也落了地,就故意沉着脸数落娘:"少说几句吧,没人当你是哑巴。"

我的脸却红了:我一个毛头小伙子,哪知道姑娘家的肚皮该是个啥样子?只是辗转一夜让我想明白了一件事:不用去追究那个男人电话里说的事是真是假,凭着我亲眼看到的金玲的那份刚强和坦然,我相信她绝不是作假伪装出来的。

我走到金玲身边,说:"你收拾完了吧?你不是说这刚买的床罩不合适吗,咱们去县城换吧!"

金玲抬起头来,吃惊地看着我。

我不顾爹娘在场,附在她耳边轻声说:"我不在乎别人怎么说,我喜欢你!"

金玲拼命咬住嘴唇,没说一句话,眼睛里却盈满了泪水。

一刻钟以后,我骑着那辆崭新的摩托车,载着我的新娘金玲直奔县城。一路上,金玲才给我道出事情的真相。原来打工这两年,那个打电话的男人一直在追金玲,遭到回绝后依然纠缠不休,即使金玲回了家乡,他还不死心。后来知道金玲要结婚了,他觉得自己的希望彻底落了空,就拼命乱往村里打电话,一来继续打听金玲的情况,二来借机散布金玲的谣言,以发泄自己心里的愤恨。

我嗔怪金玲:"傻丫头,咋不早说哩?"

金玲两只手紧紧搂住我的腰,高兴地嚷着:"为什么要早说?现在这样不更好?"

此刻,我心中不觉涌起一股暖流,眼睛也潮湿起来:是啊,若按顺叔说的意思办,以金玲的个性她是绝不会再走回头路的。我真替自己庆幸,一时的善良,让我找回了一个多么好的姑娘!

(王瑞霞) (题图:安玉民)

我的女友是「新人类」

我追小丽已经半年多了，但一直没有实质性的进展。

小丽是个时尚的女孩，不仅穿着打扮很有个性，举止言行也一直特立独行，就连考虑问题的思路也常常出人意料，因此大伙都称她为"新人类"。小丽挺喜欢大家这么叫她的，她说这代表着"前卫"。对于我的追求，小丽既不答应也不拒绝，同时，她和公司里其他几个男同事也保持着若即若离的关系。我知道，这就是她的"新人类"作派，每想到这一点，我心里总有点酸酸的，但也没办法，谁叫我喜欢她呢？

不过，最近事情有了转机。

也许女孩子年龄大了，对爱情总是会慎重考虑的，这段时间，小丽和我之间的关系越来越密切。我心里暗自得意起来，还对其他哥们说："我早说过,再时尚再另类的女孩,她也得嫁人吧。"

　　一天晚上,我和小丽去看一部凄美动人的爱情片,从电影院出来,两个人都还很动情地沉浸在刚才的情节里。我把她送到家门口,告别的时候,小丽突然抬起头来对我说："弄套房子吧,用不着太大,七八十平米就行,做婚房足够了。"听了这话,我简直不敢相信自己的耳朵。以前我总是兜着圈子向她暗示,可一提到结婚,她就特别敏感,或者避而不谈,或者敷衍说"现在这样不是挺好的嘛"。后来我对此感到沮丧了,不再提了,没想到她居然主动提出来了。高兴之余,我也没忘了在心里嘲笑小丽的所谓"新人类"理论,女孩嘛,总是希望有稳定的生活和疼爱她的人。

　　可冷静下来,我又开始犯愁了:像我这样的小职员,上哪儿弄这么一套房子呢?我比其他追小丽的哥们长得帅,人也多才多艺,可论到经济基础,大家都是纯粹的无产阶级,就现在这房价,我连首付都付不起。不过小丽有这样的要求,我心里还是挺踏实的,毕竟她的思路回归了传统。

　　我开始更加拼命地工作,节省开支,不过存下的钱离买房子还是差得太远太远。就在我焦急万分的时候,好运居然从天而降。一天早晨,当企业家的表哥大壮把我叫到他刚刚装修好的100余平米的新宅,认真地说:"老弟,我把公司转让了,现在准备去南方发展。这套房子我也不想卖了,就给你住吧,不过以后我到这里出差的时候,你可要让我借住呀。"听了表哥的话,我惊得张着嘴巴说不出话来。表哥拍拍我的肩膀,塞给我一串钥匙,说还有急事要办,就匆匆地走了。

　　表哥走后,我独自一个人坐在沙发上,看看四周,又掐掐自己的大腿,确信自己不是在做梦。我兴奋地跳到电话边,给小丽打电话。也许是虚荣心在作祟,鬼使神差地,我竟然说:"我买了套房子,你来看看。"小丽火速赶来,一见新居,高兴得乱蹦乱跳,涨红了脸问我:"你哪来的钱买房子?"我故弄玄虚地咳嗽了两下,其实是在编词儿,然后就给她编起故事来:"你知道鑫淼集团吧?那个总经理叫何大壮,其实这个企业是我俩搞的,他负责经营,但股份是我们俩一人一半。"

没想到我编的这番漏洞百出的鬼话,居然没有引起小丽的怀疑,确切地说,她似乎并不在意我的钱是哪里来的,刚才这么问,只是因为太惊喜了。她靠在我怀里,嗲嗲地说:"今晚我就住这里了,咱俩去买床吧。"我高兴得不知所措,买房子没钱,但买床的钱我还是有的。

两个月后,我俩开始筹备结婚。我打电话给民政部门的一个朋友,向他咨询结婚登记的事情。朋友说:"现在程序简单了,下周一带着户口簿和身份证来吧。"

然而,天有不测风云,厄运和好运来得一样突然。星期六的早晨,检察院的一帮人查封了我的住宅。到这时候我才知道,表哥根本不是去南方发展,而是带着从银行骗来的1000多万元贷款逃跑了。走的时候,他不想造成人去楼空的局面,才请我到这里来住,免得人家怀疑。我说他怎么能那么慷慨,把价值几十万的房子白白送给我住?当初我替表哥想了很多理由,可就没想到他会犯事。

当天晚上,电视新闻里报道了表哥房子被查封的事情,我也被拍到了镜头里。正所谓坏事传千里,我想下周一上班,周围的人肯定都知道了。星期一早晨,我耷拉着脑袋来到公司,果然,同事们都用怪怪的眼神看着我。舆论压力我倒是不怕,又不是我犯了事儿,我最担心的还是小丽的看法,不管怎么说,我欺骗了她呀,况且,房子也没了,结婚恐怕是不可能了。

没想到的是,小丽一见我,就大大方方地对我说:"我已经和领导请好假了,咱们走吧。"我一愣,问她:"干什么去?"她把眼睛一瞪,说:"登记去呀,你怎么忘了?"我低声说:"出事情了,你不知道吗?"小丽说:"知道呀,是你表哥犯事,又不是你。"我怯怯地问："房子被没收了,你还愿意和我登记?"小丽轻描淡写地说:"那当然,嫁给你,又不是嫁给你的房子。"小丽这番话,让我又惊又喜,那一刻,我觉得她哪里是什么"新人类",完全就是个善良宽容的传统女性。

虽然我有些不相信自己的耳朵,但还是不失时机地拉起她的手,直奔民政局。现在的结婚手续果然简单,当天上午,我们就领了结婚证。

回到我先前住的那间又小又破的房子,我问小丽:"我现在什么都没有了,你怎么还会嫁给我呢?"小丽笑着对我说:"你怎么还瞒着我呀,想考验我?可现在我们都是夫妻了,我的表现你也看见了,还有什么不能对我说的呢?我猜想啊,那个何大壮逃跑肯定和你有关,你们不是一人一半股份吗?是不是你把他杀啦,把责任统统推到他身上,然后留下了从银行骗来的1000万元?"

"啊?"我瞪大了双眼,差点晕过去,结结巴巴地说,"你……你怎么会这么想?"

小丽小嘴一撇,说:"杀就杀了,有什么了不起。我想啊,那套小房子不过是放给公安的烟幕弹,你还真有心计呢。不过,以前你防备我也是可以理解的,毕竟不是一家人,可现在证都领了,快告诉我,那1000万元你藏在什么地方了呀?"

看着小丽说话时那认真的样子,我终于明白什么是"新人类"了。小丽"新人类"的思维方式着实把我吓住了,我感觉浑身发冷,"杀了就杀了"的话真让我害怕,会不会我对她说我确实身无分文,她一生气,也把我给杀了呢?我越想越害怕,于是找了个借口让小丽先走,说有什么事情以后再谈。

小丽不解地出了门,我一转身把房门关紧,赶紧给民政局的那位朋友打电话,战战兢兢地问:"哥们,离婚手续怎么办啊?"

(陶柏军)

(题图:安玉民)

骗子也痴情

我是一家远洋托运公司的小职员,和爱人白灵结婚以后,手头一直比较拮据。后来,一个开婚姻介绍所的朋友说我模样周整,很适合做他们婚介所的"托",只要按照婚介所的要求和女方见面,再按照事先约好的办法拒绝对方,就可以领我的"兼职"工资。虽说这"托"是帮着婚介所骗人,可面对金钱的诱惑,我最终还是答应了。

我的兼职一直做得还挺顺利,直到我见了一位叫心仪的姑娘。

说实话,一见到这位清秀的姑娘,我就很有好感,而且越聊越投机,到后来,真的有点约会的感觉了。心仪也对我很有好感,可越是这样我就越不自在,毕竟我是有家室的人,再说要是真动了心,也坏了做"托"的规矩。

这天,是我和心仪的第三次约会,按照规定,也是最后一次。我们正聊得起劲时,我的手机响了,是短消息。我知道高潮戏来了,分手的时间也到了,因为有点不忍心伤害这么好的姑娘,所以犹豫了一下,没有立刻拿出手机查看。可心仪却十分体贴地说:"你先看短消息吧,也许是有急事。"

没有办法,我只能按照事先与婚介所的约定,进入角色。

先是看着手机上的短消息,我的表情顿时变得气愤起来。蒙在鼓里的心仪在一边很关心地看着我,于是我抬头瞪她一眼,把手机往她手里一塞,生气地说:"你自己看看吧,怎么可以这样?"心仪看我突然发这么大的脾气,吃惊地翻看着短信,渐渐地脸色也变了。因为从那些短信内容看,发信人对我的个人情况了如指掌,连我们这次约会的时间和地点也清楚得很,还说要我好好对心仪。心仪当然不会知道,其实这些短信都是婚介所的人故意用心仪家人的口气发的,目的就是让我找到发怒的借口,摆脱心仪,这样错在女方,她的入会费就不用退了。

我做出一副凶巴巴的样子,对心仪说:"你家里人好像很不信任我,发这种短消息,我们的关系似乎还不到这一步吧?"心仪先是显得很惊讶,接着很肯定地说:"不可能,一定是你搞错了。"可我根本不理睬,当着她的面,一个电话打到婚介所去,在我的"百般逼问"下,那边当然"承认"是心仪的家人要走了我的详细资料。于是我很激动地站起来,根本不听心仪的解释,掉头就走。这出戏我已经演了不少遍,逼真到连我自己都觉得像是真的了。

平时干完这种事情之后,我都很轻松,可这天却怎么也忘不了心仪楚楚可怜的样子。回到家,老婆白灵看我精神不好,以为我是累的,让我早点休息。白灵知道我利用业余时间帮朋友的公司做事,可不知道我在做什么。我借故头疼,回卧室躺下,一闭上眼睛,心仪含泪的模样就在我眼前晃。

这件事要是就这么完了，说不定没几天我也就忘了，可偏偏我们缘分没尽。第二天下午，婚介所打电话给我，说心仪的舅舅在旁边，无论如何要和我说几句话，我想所里肯定也是被他磨得没办法，就答应了。

心仪的舅舅听声音大概五六十岁的样子，他在电话里着急地说："可找到你了，我想你对心仪有些误会，短消息的事一定是谁发错了，心仪是个孤儿，除了我，她没有别的亲人，我不用手机，不可能给你发短信，心仪很喜欢你，我真心希望你和心仪能做朋友。"

慌乱之下我有些烦躁，随口敷衍道："我不管这些，别再找我了，算我找借口还不行吗？"说完我就挂了电话。可怎么想怎么觉得不放心，我得和心仪说清楚，不然纠缠下去，迟早我的事情会露馅。我当即按照心仪留给我的电话给她打过去，心仪不在，电话是她的同事接的，我想了想，狠下心说："请你转告她，我是昨天和她约会的那个人，让她自重，不要再缠着我了。"我想，这是让她对我产生厌恶的最好办法，反正她恨我了，干脆让她恨到底。

很快，我又接到了婚介所新的约会任务，也就把心仪渐渐淡忘了。

那天，我正在公司忙得团团转，突然听到一声惊喜的叫声："你调动工作，到这里上班来了？"我抬头一看，吓得差点背过气去，是心仪。

她怎么会找到这里来的？要知道，我在婚介所对客户公开的资料都是假的，她是不可能查到什么的，怎么会这么巧？我来不及多想，慌忙把她拉到没人的地方，要是让同事听出了端倪，我就彻底完蛋了，公司里的人谁不知道我已经结婚五年了啊！

可要命的是，心仪好像并没有因为我的绝情而恼怒，对我还是很热情，从她含情脉脉的眼神里就能看出这次邂逅带给她的惊喜。完了，一定是她的同事没好意思把我打电话的内容告诉她。真是邪了门了,她居然还对我抱歉地说:"我知道舅舅找你,让你很难堪,老人嘛,处理问题就是简单,你还在生我的气吗?"

我现在哪还有心思生什么气,一心想着怎么能让事情不败露。

我和心仪真正的约会就这么开始了,一开始是不敢拒绝她的约会请求,怕她找到单位来,不敢提出分手,怕她会穷追不舍,暴露真相。到后来,我发现自己竟然真的喜欢上了她,几天不见她,心里就像少了点什么。

事情终于在我生日那天有了进展。

那天因为妈妈一句不经意的话,白灵居然摔门而去。其实妈妈是老话题,我和白灵结婚后一直要不上孩子,过生日时我妈不经意又提到抱孙子的事情,白灵觉得是冲她来的,突然就耍起了脾气。

我越想越气愤,干脆打电话约心仪出来,她早就想给我过生日,接了我的电话,十五分钟就赶到了我们第一次见面的公园。看着她幸福的样子,我矜持的心终于敞了开来,一边是不如意的婚姻,一边是温婉如玉的美人,我再坚持下去,那才真是天下第一号大傻瓜。

我第一次跟着心仪去了她的住所,一夜没回,我希望永远不要天亮,时间就停留在这一夜。

第二天一早,我像贼一样回了家,白灵表面上不认输,但是很显然她等了我一夜,我和解地冲她笑了笑,她受宠若惊,一撅嘴,撒娇地说:"你住在爸妈那边,干吗连个电话也不打?"听她这么说,我也就默认了。

我从此开始控制不了自己,频频和心仪幽会,这种在家庭和情人间周旋的日子既紧张又刺激,我不知道事情会用什么样的方式收场,就像一个吸毒的瘾君子一样,在随时可能爆发的事态中小心地过着日子。

一个周末,我正打算找借口出门,心仪打电话来对我说,她怀孕了。我握着话筒,半天没有说出话来:我终于能有自己的孩子了! 这么多年,同事们都私下里传我有病,我和白灵不知道花了多少钱吃了多少药。可是现在我该怎么办? 心仪并不知道我是个有家庭的人啊!

赶到心仪的住所,我鼓起勇气,把自己有家庭的事情告诉了她,还为那次相亲编了个理由。心仪失态地大哭起来,她相信我说的那次是替朋友相亲,到后来自己喜欢上了她的说法,但是这些都改变不了一个事实,那就是:我是个有妇之夫。

我跪在心仪面前,请求她的原谅。她努力冷静了下来,泪水涟涟地看着我,说:"我已经爱上你了,怎么办? 而且还有了孩子。"

她的话让我无地自容,我向她发誓,一定要给她一个交代,要让我们的孩子合法地来到这个世界上。我首先去了爸爸妈妈那里,把事情向他们和盘托出。他们先是责骂了我一顿,后来听说有了孩子,很快就被我说服了。

我和白灵的谈判比预先想的要顺利得多,其实白灵是个很单纯任性的人,她一听我和别的女人连孩子都有了,一下子心灰意冷,加上我这边为了让她同意离婚,经济上做了很大让步,于是很快就和我把婚离了。

我欢天喜地地跑去心仪的单位,想当面告诉她这个好消息,为了离婚的事情,我已经两个星期没和她见面了。可到了她单位,她的同事说她辞职了;我又跑到她的住所,已是人去楼空;打她的电话,永远都是关机。我开始害怕了,她一个怀了孕的女人,能去哪里? 我发了疯似的四处找她,却一点踪迹也找不到,心仪像是从我的世界里彻底蒸发了。

三个月后,我接到了一封没有地址的信,上面写着:

　　　寒平:
　　　你好! 我是心仪,你不用追究我去哪里,我本来就是这个城市的一个过客。

遇到你,我本来以为遇到了自己的真命天子,那是我第一次真心地去相亲,可是你居然骗了我。你一直没有对我说真话,即便是最后,你还是撒谎。从你收到了'我家人'的短信开始,我就猜到你是个托,我一直给你机会,我多么想你能亲口对我说出真相,可是你没有,到最后也没有。

你那么无情地对待我舅舅这样一个老人的恳求,而且你的那个电话是一个和我有矛盾的同事接的,她大肆宣扬,让我在最短的时间里成为了大家的笑柄。舅舅和我一个单位,很快就有所耳闻,他非常懊悔,他说如果不去找你,事情就不会这么糟,那天晚上他喝了一夜的酒,突发脑溢血,落了个半身不遂。

从那一刻起,我决定报复。从在你单位和你偶遇开始,都是我设计的,我恨你。在我真心爱上你的时候,你居然一而再地用欺骗来回报我的心。你一定不会想到,我也曾经在婚介所做过托,不过见你的时候,我已经痛改前非,金盆洗手,那是我第一次真心为自己相亲。

我根本没有怀孕,所以你也不用牵挂我,托儿给托儿上了一课,到最后我也没想明白,究竟是谁失去的更多。

最后,希望我们都在噩梦之后,开始新的生活。

心仪

看了这封信,我彻底傻了眼,觉得像做梦一样,难道这真是我这几年做骗人勾当的报应?妻子、情人、孩子,到头来我什么都没有,真是骗来骗去骗了自己!我定了定神,拨通了婚介所的电话,我要告诉他们,我不干了。

(寒 梅)

(题图:箭 中)

偶的职场生涯

生活本身永远比任何空想都聪明，都更有说服力。

男妇产科大夫

医大毕业了，我被分配到市人民医院。那天，高高兴兴找院长报到，院长看了我的有关材料后，眯着眼睛紧紧看了我好一会后，猛然说："小吴，外科早已超员了，你去妇产科吧，那里正缺你这样的高材生。"

我的神情马上变了，气愤地说："院长，我是学外科的，不是学妇产科的，再说我一个男的，怎么好看女的——"

话还未说完，院长就发火了，厉声打断了我，说："什么男的女的，在医生眼里都是病人，男女都一样。你要是不愿意，就另栖高枝吧。"

我一个农村考出来的大学生，刚刚毕业，在这座城市一点社会关系都没有，又能怎么样呢？俗话说胳膊扭不过大腿，我憋着一肚子气,来到了妇产科。妇产科主任是个挺开明的老太婆,快退休了,她愉快地接待了我。见我情绪十分低落,便安慰我说:"小吴,你不要有什么偏见,以为男的就不能当妇产科大夫。其实你错了,全国10万名妇科大夫中,就有近万名是男的。你是外科专业的高材生,在妇产科不但不会屈你的才,而且正好是你的用武之地。妇科手术往往关系到女性的生理功能,关系到传宗接代和家庭的稳定问题,每一例都事关重大。当然,你进了这里,不能只等着手术做,还要自己学会看各种妇科疾病,我希望你能成为我们这个市第一位优秀的男妇产科大夫。"

妇产科主任这话说得好体贴人,我的心情好受些了,便点了点头。她又对我说:"小吴,妇产科的男性大夫替患者做妇科检查必须要有第三者在场,全国都这样,我把小袁安排给你当助手,有个女同志在旁边,可以帮你免除好多尴尬。疑难病症,多找我商量。"

小袁是个调皮鬼,她眨了眨眼睛,冲着妇产科主任说:"主任,你莫封建死脑筋了,现在的男同志,脸皮厚得很,愁的就是没办法接近女人,尴尬个鬼!伤脑筋的是那些女患者,到时只怕见了吴大夫,不吓得掉头就跑才怪呢!"

我根本不是小袁说的那种脸皮厚的男人,她在主任面前这么说,我又羞又恨,什么话都说不出来了,只好用眼光怒视着她,哪知她根本不当回事,冲着脸红成了关公的我继续嬉皮笑脸呢。

妇产科多的是手术,跟外科专业还是对路的,我稍稍准备,第二天便坐到了新设的第二门诊室。可一天下来没看过一个病人,不是没病人上门,而是妇女们进了门,一瞅见我这个男大夫坐诊,转身就跑,像老鼠见了猫一样,没一个不露出慌张狼狈样,还有的患者受惊后发出阵阵尖叫声。小袁说得真是太对了,我在心里服了她了。这些患者真是可恶之极,她们跑了还不算完,居然纷纷找院长告状去了。

有的说："自古以来，男女有别，找男大夫看，我们不习惯。"

有的说："女人的身体怎么能随便让男人看呢？我们有心理障碍。"

还有的说："你们医院太没规矩了，这纯粹是乱来，是败坏社会风气，我们坚决不答应！"

面对这么多人的抗议，院长坐不住了，他抓耳挠腮了好一阵，才对反映意见的患者说："你们的意见有对的一面，也有不对的一面。对的一面是的确有个心理障碍或不习惯的问题，不对的一面是你们太偏激了，其实全国好多大医院都有男妇产科大夫。医生和病人之间的关系都是医患关系，他的眼中没有人，只有病……当然啦，一个地方有一个地方的特殊情况，问题既然提出来了，我们还是会好好研究的。这样吧，你们还是先去找女大夫看吧。"

打发完这些告状的患者后，院长立即打电话把我叫了去。我一进院长室就冲着他发脾气，说："院长大人，你这是成心叫我难堪。你如果不肯让我去外科，我明天就走，南下打工去。"

院长笑了，说："我知道你心情不好受，才打电话要你过来当面骂我的，你就痛痛快快骂吧，把怨气都骂出来，心里自然就舒服了。"

院长这么说，我一下不好意思了，哪里还作得了声，只好青着脸听他的下文。

院长收起笑容，认真地看着我说："你不骂了？那好，我送你六个字：坚持就是胜利。我这个人，就有这么倔，越是难办的事我就越要把它办好。妇产科除了主任外，没有一个叫得响的大夫，她退休后，真不知道该怎么办。院里的想法就是要把你全力培养成妇科的一把刀。当然，问题比我先前想像的要严重一些，这里太闭塞太落后了。不过万事开头难嘛，开起了头，往后就什么都不成问题了。你不能急，要耐心等候，我就不信这地方一个思想解放的人都没有。反正我又没扣你的工资,你就照常坐你的诊,静待转机吧。"

我不知怎么搞的,听了院长这番话后,不但气顺了许多,而且心里也有点热乎起来。在回妇产科的路上,我脑海里老纠缠着一个问题:院长到底是怎样的一个人啊?看起来那么古怪,可内心深处似乎又很有人情味。

接下来的日子,照样是重复第一天的情况。只是因为院长给我交了底,我心里踏实多了,闲着无事,我就埋头看妇科专业方面的书。小袁提意见了,说:"吴大夫,我们俩每天就这么干坐,这叫隐性失业,说不定哪天要裁减冗员,第一批下岗的就逃不了你和我。可你是活该,我却是受了你的连累,太冤枉了!"

小袁这话说得太滑稽了,我止不住笑了,给她打气道:"不用怕,这都是院长叫我们干坐的。不是有一句歌词这么唱嘛:不要急,不要躁,你要等的人马上就会来到。我们还是耐心等候病人上门吧。"

又闲了几日,终于来了一个四十岁左右的妇女,她先问等候在第一门诊室外的一大群患者:"请问新来的吴大夫在哪个诊室?听说他是医科大学的高材生,厉害着呢。"

人群里哄地爆发出一团笑声,接着听到的就全是叽叽喳喳的声音了,这个说:"他是男的。"那个道:"男的看妇科,太不方便了。"

谁知这个妇女却不以为然地说:"我早知道他是男的,有什么好笑的。找医生看的是病,又不是别的什么,管他是男的女的,只要问医术高明不高明就行了。"

听到这个话,我心里一阵暖流涌过,马上鼓足勇气站起来,走到门口对她说:"大姐,我就是吴大夫。你进来吧。"

她看了看我,说:"哎呀,想不到这么年轻。这年头,越有学问的越年轻。我找你算找对人了。"说出了这句话后,她才走进来,坐在凳上候诊的病人马上都站起来了,挤在门口看稀奇。

我按捺住激动紧张的心情,恭敬地问道:"请问大姐是哪里不舒服?"

她说:"烦死了,我小腹疼了一个多月了,这个月的例假也没按时来,我怀疑是不是小肚子里长了什么东西?"还不等我说什么,就有病人掩嘴笑起来,还有的脸色绯红,替她感到害臊。此时,我已经完全进入医生治病的状态,根本不晓得管这些了,便要这位患者躺到床上去,告诉她要检查后才好下结论。

这位患者配合得极好,马上按要求躺到里面床上。我把她的小腹仔细按捏了一遍,对她说:"好了,你起来吧。我可以给你下结论了,你小腹里面没长什么东西,一切正常。我看你脸色不对,肯定是精神紧张引起的不适反应,回去注意休息就行了。"

我说得这么肯定,患者不敢相信自己的耳朵,满脸疑惑地问我:"吴大夫,你能肯定我真的没病?"

我定睛望着她,用不容置疑的口气说:"你真的啥病都没有,完全可以放心。"

这位患者的眼睛里一下放出了感激的光芒:"吴大夫,你敢这么肯定,我完全可以放下思想负担了。我们女人啊,你不知道心灵有多脆弱,最怕生病了!"这位患者走了后,看稀奇的人里面有几位受到了鼓舞,忸忸怩怩地也找我看了病。但大多数人还是默默退出去了,我尊重她们的选择,示意小袁一点儿也不要勉强。我自信有了开端,一切就都会好起来的。果然不出所料,以后找我看病的人渐渐多了起来,过了不久,第一位患者还给我送来了锦旗。后来,找我看病的患者越来越多,我完全找到了一个妇科大夫的成就感。

两年后,妇产科主任退休了,院长在全院干部职工大会上宣布我接任,我的心情十分激动。中秋节的时候,我买了一盒月饼去住在城郊的院长家里,想表示一下感激之情。

敲开门后,院长夫人热情地把我迎进屋里,我越看越觉得她有点眼熟,就在接过她递来的茶杯后,我想起来了,对她说:

"嫂子,你好像一个人。"

院长夫人愣了一下,说:"我会跟谁像啊?"

我认真地说:"真像,越看越像,太像我的第一位病人了。"

院长夫人正要说什么,院长冲完了澡,从浴室里出来了,他指着我哈哈大笑说:"小吴,你记忆力不坏,她正是你的第一位病人。慧兰,你也不要再装假了。"

我一时呆住了。院长夫人见状,忙用轻松的口吻说:"吴大夫,你的医术真不简单呢。你们院长把解决难题的任务交给我后,我想别人都不方便,也只有我自己出来支持你的工作了。当时我装病去请你检查,你诊断得好准啊,硬咬定说没病,还指出我脸色不对,如果有什么不适反应,也是精神紧张引起的。你想想,我一个从未上过舞台的人,却要在生活中不露破绽地演一场戏出来,能不紧张吗?"

院长坐到我身边,亲切地拍着我的肩膀,说:"小吴,妇产科五个大夫中,他们几个资历比你高,临床经验比你丰富,但你年轻,有文化,视野开阔,又肯钻研,所以我把主任的担子压到了你的肩上,很多人都怕你扛不住,你可要替我争气啊。"

我抹掉溢出眼眶的泪水,看了看对我寄托着深切希望的院长,又看了看帮了我大忙的院长夫人,坚定地说:"院长,嫂子,你们对我太好了。放心吧,我会好好地干出一番事业来,成为一个优秀的妇产科大夫的。"

(吴 为)

(题图:箭 中)

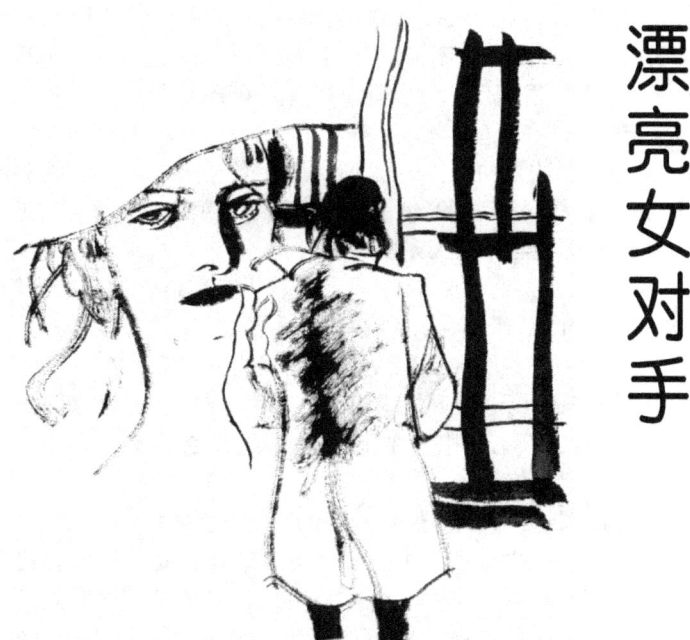

漂亮女对手

　　这年夏天，朋友田梦来信，讲述他在深圳淘金的幸福生活，信的末尾附了首短诗："啊/深圳/我的天堂/肥沃的处女地/敞开保险柜的银行。"就是这几句破诗，烧得我第二天便背着旅行包，踏上南下的火车，直奔深圳去捡钞票。

　　其实，我这样做并非心血来潮。田梦这小子的底细我一清二楚，只会来几句狗屁诗，除了鬼点子多，没其他能耐，就他这样的居然都发了，还有什么好犹豫的！再说我，二十出头，在书画界已小有名气，特擅长画广告画，找份搞广告、装潢什么的工作，还不是小菜一碟？

　　到达深圳后，我掏出田梦给我的信，按信封上的地址打听田梦的 GGCS 公司，可人家都说不知道。好在地址后面用括弧注明在一家公司的对面，改问括弧里的公司，很快就找到了。我站在那家大公司门口，朝对面一看，天哪，竟然是公共厕所！想了半天，我终于明白了，这"GGCS"，不正是"公共厕所"的拼音缩写吗？田梦这小子莫非是在看厕所？我迟疑地过去问看厕所的大爷，有没有一个写诗的田梦在这里工作，大爷不耐烦地摇头说："我这里没'写诗'的，只有'洗屎'的！"听了这话，我彻底绝望了，唉，龟儿子田梦，你混得不咋样，还死要脸，编谎话来蒙我，这下可把我给坑苦了！

不难想像，在举目无亲的他乡异地，那一刻我是多么孤立无助。我在街上晃到傍晚，最后只得硬着头皮住进了一家小旅馆。躺在脏兮兮的破床上，我想了一夜，就这么回家乡，那可太丢人了，唯一的办法就是自己碰运气，看能不能找个活干了。

接下来的几天，我开始像饥饿的猎犬一样，在报纸上捕捉招聘信息，疯狂应聘，转眼一个多月过去了，就在我差不多弹尽粮绝的时候，机会终于来了。

一家广告公司要招聘一名绘制户外广告的美工，待遇诱人，我一看到启示，立刻夹着个人资料赶到这家公司。这家公司表面看并不起眼，可小小的主管办公室里已经挤满了应聘者。主管是个矮胖子，负责初试，他看过个人资料后，选择有基础的应聘者，让他们当场写几个美术字，临摹一张指定的画。

轮到我了，我将美专毕业证书，一本我的书画、广告画作品剪辑，还有厚厚一叠大赛获奖证书，递给胖主管，主管翻了一会，白胖胖的脸上露出了笑容："条件不错嘛，这样好了，你就破例直接参加复试吧！"

我还没来得及高兴，身后一个女声尖叫起来："这不公平，主管，只有当众露一手，才能服众，现在的骗子，鬼点子多着呢！"经她这么一说，四周的应聘者也跟着起哄。

我愤怒地扭过头，恶狠狠地往身后瞪了一眼，本想发作，可看到对方竟是个美女，二十几岁，艳光四射，我被"电"了一下，一时不知说什么了。

"咦，又是你啊，"主管说话了，"我记得好几次都给了你复试机会，你一次也没来，怎么今天又跑来了？好吧，你同样可以直接参加复试！"

我听了主管的话，更是气不打一处来，几次复试你都放弃了，这回却偏偏跟我抢饭碗！我鼻子里哼了一声，不依不饶地说："不行，我看还是大家都来露一手，才公平！"旁边的人也都随声附和，主管笑笑，同意了。

我原以为人漂亮不等于画就漂亮，可是我错了，低估了这个美女。等我完成了初试作品，偷偷瞟一眼美女的作品，我额上冒汗了：我遇上了一个漂亮的女对手！再瞅瞅其他应聘者的作品，我敢肯定，如果没有这个漂亮的女对手，这个职位十拿九稳是我的。

主管还是有点眼光的，其他几个应聘者的画还没完工，主管便打发他们走了，只留下我和美女，递给我们一人一张名叫"清雅小区"的楼盘效果图，叮嘱道："你们各自按照效果图，绘制一张楼盘的广告牌作为复试作品，原则上我们会在你俩中择优录用一人。不过，我要把话讲清楚，如果你们不能过老总那一关，我们宁缺毋滥，一个也不能录用。当然，如果你们都特别优秀，老总可能会考虑多增加一个名额，你们可要小心地画，老总的质量标准是很高的！还有，你们一定要守信用，明天一起在指定地点开工，一个星期内必须完工！"

"放心吧，主管，我知道您这样的大公司办事很规范，我绝不会像有些人那样开公司的玩笑的！"我拍拍主管的马屁，顺带刺激了一下美女。美女甩了一下头发："哟，恐怕有人巴不得我不来呢，做梦！这次我绝不放弃竞争机会！"美女的话像刀子，刺中了我的要害。

第二天，我和美女进入了没有硝烟的阵地，阵地设在一个废弃的旧礼堂里。我一看见靠在高墙上的两块大广告牌就特别来劲，广告牌有五米多高，十多米长，要说画这样的巨幅广告，那可是我的拿手好戏！

用了不到半天时间,我就轻松地打完了整幅画的轮廓线。而美女因为拿不准比例,在高高的脚手架上爬上爬下,手忙脚乱地改来改去,昨天的傲气没了影。我终于看出了门道:这美女功底虽然好,却没有画大幅广告画的经验,怪不得前几次不敢来复试,想必是在背地里练习。

我坐在远处的凳子上,和着二郎腿晃动的节拍,边审视构图,边得意地吹着口哨。

"喂!喂!喂!吹什么吹,知了似的,烦不烦?"美女恼了,站在脚手架上,扭头朝我做了个鬼脸,"你闲着,就不能帮着看看吗,一点都不绅士!"

美女就是美女,生起气来也别有风情。漂亮不仅是生产力,也是战斗力,我被漂亮冲昏了头,凑过去嬉皮笑脸地说:"嗨,美女!你可不可以不叫我'喂',像你这样的女孩,如果在大街上这么叫一声,男人们争着答腔,会打破头的!"

美女咯咯笑起来,这笑声像一缕阳光,照进我多日来郁闷、灰暗的心里。

几天下来,我们相处得很融洽。美女叫郭莉莉,画画的基本功很扎实,悟性也挺高,在我的帮助下,很快掌握了画大幅广告画的要领,画出来的效果居然跟我不相上下。郭莉莉对色彩很敏感,也很有品位,我请她对我的画提了一些意见,修改后我发现色调果然更加美了。

第七天傍晚,我最后一次审视七天来的成果,非常满意,我想:明天过老总的关,应该没问题吧!

"哇,真漂亮!"正想着,郭莉莉突然在我身后很夸张地叫起来。

几天来,我已经总结出一条规律,获得郭莉莉的夸奖是要付出代价的,接下来必然有事相求。我笑着问道:"又有什么要在下效劳?"

"嘿嘿,是这样的,我的书法要是一露脸,你的字还怎么见人?所以,我画上的几个字,就留给你来练习吧。"

这几天相处下来,我已经把她当朋友看了,这会儿根本没考虑应该不应该帮助对手,也有点想在美女面前显示的意思,抓起刷把一挥而就,一行粗犷大气的行书"无限温馨,尽在清雅"就出现在眼前,郭莉莉兴奋得手舞足蹈:"哇,好! 有视觉冲击力喔!"

这时,我的肚子也被"冲击"得咕咕叫,我催郭莉莉收工,一起去吃饭,可郭莉莉说她还要再"加工加工",她还朝我诡秘地一笑:"祝贺你,画了幅杰作,明天你一定会交好运的!"

我没多想,就独自走了。

第二天上午,我到工作室等了一会,主管来了,他说老总有事晚来一会,让他先审审看。主管对着效果图,看着我的画,过了一会儿,他的脸渐渐阴沉起来,显得非常焦躁,我不知道出了什么问题,心里直发怵。

主管看着看着,突然回头冷冷地质问我:"哎,你是不是哪家对头公司派来卧底的? 想砸我们公司的牌子啊?"

我愣住了:"您这是什么意思?"

"装什么糊涂! 你看看,你看看,"主管拿起一把长尺敲着画板,"你在这窗户上画上这么大的蜘蛛网是什么意思? 人家开发商花钱是请我们做广告,不是往他们脸上抹黑的!"

我仔细一看,窗口上真的有大片的蜘蛛网,尽管线条很细,不留意还看不出,可一旦看出效果,就觉得特别刺目。我惊呆了,但立刻就意识到,这是郭莉莉干的! 一定是昨天傍晚我走后,她做的手脚! 这条"美女蛇",我三番五次帮助她,居然在背后给了我一枪!

我急得哀求道:"主管,我可以马上修改过来……"

"不行,说什么也没用,你还是趁老总来之前走人,否则,他会要你赔偿材料损失费的!"

就在这时,郭莉莉到了,她瞟了我一眼,脸上得意洋洋。可事实证明,她的命运并不比我好。主管撇下我,开始看郭莉莉的画。只见他的目光死死地盯在我写的那几个字上，再回头看看我的广告牌上的字，斩钉截铁地说："这位小姐，很遗憾，公司也不能录用你，如果我没有看走眼的话，'无限温馨，尽在清雅'这几个字是你请人代笔的吧，女孩子的字不可能这么霸气，我们公司不需要滥竽充数的……"

"是吗？那我就让你开开眼！"郭莉莉冷笑一声，操起一把五公分宽的大刷把，提起漆桶走向广告牌，主管惊问干什么，要上前制止，郭莉莉凶巴巴地叫道："你要敢碰我一下，我就立刻报警！"主管一听这话愣了一下，郭莉莉就趁着他发愣的机会，走上前去，刷刷刷，在整幅画的中间刷下了一行大字：无限欺骗，尽在招聘。字写得酣畅淋漓，霸气十足！我看呆了，原来她的字出手不凡啊！可是，好好的一幅画却被毁了。

郭莉莉还不解气，指着主管的鼻子说："告诉你，那蜘蛛网是我故意画的！我现在也把它改掉。"说话间，我的广告画也被她涂得面目全非。

不知道为什么，主管非但没有发脾气，反而耷拉着脑袋，脸红一阵白一阵的，像泄气的皮球。过了一会，他突然气急败坏地指着郭莉莉叫道："你……你根本不是来应聘的，你是故意来捣乱的，对不对？"

"不错！可是你们难道是真的招聘美工吗？你们是骗子！你们以非常低的价位抢下广告业务，然后再以优厚的待遇作诱饵，吸引高手来应聘，等他们复试画好广告画后，你们再设法找个借口，打发他们走人。这些蒙在鼓里的应聘者白白给你画了广告！可是，这次你们失算了，我毁了画，交货日期已到，就等着客户和你们打官司吧！"

听了这话，我惊呆了。

主管涨红着脸反问道："既然你认为我们公司骗人，为什么还三番五次来应聘？"

郭莉莉诡秘地一笑，说："我的广告公司缺人呀！我到你们这里来招聘员工，不花招聘成本，暗中选人，还能顺便戳穿你们的骗局，多划算！对了，前几次我没参加复试，是因为初试者中没有高手，这次不一样了，我终于找到最满意的人了——就是他！"郭莉莉指了指我，接着说："他不仅业务精通，更重要的是善于合作，心胸豁达，这太难得了，我将高薪聘用他！"

想起这几天来嚼着烂菜叶，竟然是在为骗子卖命，我火了，揪住主管的衣领吼起来："我要告你们，我要找你的狗屁老总算账，他不是说今天来复试吗？怎么还没到！"

"谁在撒野？哼，胆子不小！"我的背后突然响起了一个声音，主管闻声像见了救星，结结巴巴地叫道："田总，您看……"

我回头一看，妈的，这位长发披肩的瘦猴"田总"，不正是田梦这小子吗！

田梦张大嘴巴，吃惊地问我："怎么……你几时也下海了？"

我气得直咬牙，正准备给他一巴掌，可看到他那一脸的沧桑和眼睛里流露出来的尴尬和无奈，我的心就软了。我轻轻地在他肚子上擂了一拳，掩饰道："哈！小子，你真行啊……你怎么……不给我一个真实地址，让我找得好苦！"

田梦苦笑了一下："哥们，我们公司是……'移动公司'，地址一直在'移动'，这不，明天不知道又要'移动'到哪里……"

郭莉莉"扑哧"一笑，说道："这样吧，田总，我劝你也别'移动'了，你这人脑子挺活的，只是没用在正道上，看在你和他哥们的分上，如果你愿意，明天你也到我的公司来吧，你负责搞策划。"

第二天，我和田梦都去郭莉莉的公司上班了。后来我才知道，郭莉莉是美院毕业的高材生，字画皆在我之上。没过多久，我们这个超级组合使得公司业务蒸蒸日上，而我和郭莉莉的关系，也有了突飞猛进的发展。

（袁　翼）（题图：箭　中）

我是点菜师

　　我是一名"点菜师"，我工作的这家四星级酒店以经营粤菜为主，虾，是我们的特色风味，吸引了众多食客。

　　那天我正在酒店一个无人的小客厅里休息，一个四十多岁的中年人来找我，笑着说："听说你是这里最有名的点菜师……因为生意多，我经常请客，以前花了不少冤枉钱。"说到这里，他掏出一张名片，双手递给我，我接过一看，知道他是本地一家有名的电器商行老板，名叫俞大明。

　　俞大明随后又掏出一张纸，那是一张菜单，他大概是看到我脸上有微微诧异的表情，便笑着说："下月我们商行要宴请几位知名的演员和歌手，我想在贵店开八桌，每桌定价在一万五千元，这是菜谱，请你看一看。"

这明显是在考我了！干我们这行的，只要客人报出就餐标准，我们就要根据不同的口味进行搭配，安排最合理的菜谱。我接过俞大明递过的菜单，有点不太高兴，便淡淡地说："俞老板是想问价格吧？"他抽了一口烟，微笑着没答话。

我扫了菜单一眼，菜的安排凌乱不堪，印象比较深的有蚝油凤爪、姜丝肉蟹、生炊麒麟鱼、虾胶龙凤卷、太子参百合田鸡汤等等。我把菜单放到旁边，笑着说："一桌一万元钱就足够了。"

他有些惊喜地望着我，就连面颊上那几颗麻子都放出了光彩："一桌可以省五千元？"俞大明站起身，手指敲着脑门，"哎呀，以前我花了多少冤枉钱呀！"

我也站起身，说："我还有事，如果你有了安排，尽管来我们酒店。"

他忙不迭地朝我点头，并一直目送我消失在楼梯拐角。

后来，俞大明果然把宴席摆在了我们酒店。经理很高兴，表扬我拉来了这么好的客户。那几位演员和歌手的出席还招来了记者，又是采访，又是拍照，还上了电视。做我们这行的都知道一个真理：谁征服了人们的胃，谁就征服了世界，在这一点上，我是成功的。

宴会之后的第三天，俞大明又来酒店找我，把我叫到休息厅。厅里没人，他从包里掏出一个红包，塞进我怀里，说是我给他省了钱，这是提成。我无法拒绝，晚上回家打开红包，整整五千元，是按百分之十的比例给我的，我十分开心，我没做亏心事，这钱是应得的。

三个月后的一个傍晚，俞大明又来酒店找我。我们走进一个包厢，他关起门，从包里掏出一个菜单，老规矩，他是让我再做一下评估。我随意扫了几眼，把菜单放到桌上，笑着说："一共三十六种菜品，十道广东风味，十道扬州风味，十道四川风味，还有六种风味很杂。"他两眼放光地说："你全记住了？"我点点头。他竖起大拇指,在我面前使劲晃了晃,然后把那份菜单收了回去。

一个星期之后,俞大明在我们酒店大宴宾客,席间,他照例把我请出来,借着酒兴一个劲地夸我。点菜师这个行业在内地兴起不久,能得到这种赞誉真是连想也不敢想,渐渐地,我成了明星。俞大明每次宴会之后都给我红包,一般都是几千元,我欣然接受。

自从我出名以后,酒店的生意越来越好,很多人都冲着我的名气来就餐,希望"名师"亲自为他们推荐菜品。酒店抓住这个机遇,推出了很多新菜品,其中有一道"乳酪爆虾仁",是我和厨房的大师傅特别开发的。俞大明特别爱吃虾,据说他老婆也是爱虾如命,下个月十八号是他们结婚二十周年纪念日,庆祝宴会就安排在我们酒店,而且一定要有这道"乳酪爆虾仁"。俞大明的老婆周丽红多年前是一位有名的话剧演员,据说很漂亮,这几年很少出门,如果她能亲自来,肯定会吸引一大批老食客。

好日子说来就来,十八号这天,酒店大堂特意装饰了一下,还打出一条横幅:庆祝俞大明、周丽红伉俪结婚二十周年。下午五点,一列小型车队来到门外,老远就听到俞大明爽朗的笑声,没想到的是,他的老婆周丽红看上去要比他年纪大,面容很严肃,甚至有点威严的感觉,冷冰冰的,让人不敢接近。

入座以后,俞大明把我介绍给他老婆,我很有礼貌地给周丽红鞠躬,她好像对我很感兴趣,专注地打量了我几眼。周丽红的妆化得很浓,但仍然难遮脸上的疲倦和苍老,她对我勉强笑了笑,说话的嗓音有点沙哑:"大明经常在家里提到你,我们对专业人士都是很敬佩的。"到底做过演员,嗓音虽然低沉沙哑,但语调起伏有度,讲出的话也是恰到好处。

闲聊了几句,我就告辞去了厨房。不久,庆祝宴会正式开始,客人们对我们酒店的菜肴很有兴趣,瞩目的焦点当然是这道"乳酪爆虾仁"。我亲自端出第一盘,径直走到俞大明夫妇面前,微微鞠躬,宣布道:"我代表本酒店,特别奉献新式菜品—乳酪爆虾仁!"

俞大明两眼放光,周丽红也有些兴奋。按照我和俞大明事先约好的,由周丽红首先品尝这道菜,我在旁边进行推荐说明。此刻,大厅里所有的客人都停下筷子,眼巴巴地瞅着这道传奇菜品。我抓住这次表现机会,不但充分介绍了"乳酪爆虾仁"的风味特点,就连主料、辅料,甚至调料的来源都作了详细说明。在满堂喝彩声中,周丽红优雅地尝了第一口。

俞大明注视着老婆,大家也都看着,就等周丽红说出一个"好"字,再一起享用这道美味。我站在旁边等待着,等待着全体客人惊喜的感觉,最好让他们一辈子都忘不了。可谁知,就在这个时候,周丽红吃着吃着,突然手按胸口仰靠在椅子上……

我愣了一下,正要过去询问,周丽红的脸竟然扭曲起来,汗水直淌,看样子十分痛苦,紧接着,她又全身抽搐起来。俞大明惶恐地伸出手,刚要搀扶老婆,周丽红的身体却向前扑倒,前半身撞到桌面上,掀翻了碗碟。俞大明嘶喊一声:"丽红!"这一声就像给沸腾的油锅里撒了一把焦盐,大堂里立时炸开了,惊叫声、碗碟碎裂声响成一片,人们乱成一团,有的拨打110,有的赶紧夺门而跑,等经理闻讯赶来时,大堂里早已狼藉不堪。

一切发生得太快,我的精神近乎要崩溃了。这时,俞大明抓起一只破碎的酒瓶,把我逼到墙角,他瞪着血红的眼睛,牙齿咬得"咯咯"直响:"你……你毒死了我老婆!"

我退在墙角里,不敢乱动,除了惊异,更是恐惧,我怯懦地申辩着:"我怎么会毒死你老婆呢? 我们无冤无仇……"

也就在这时,我突然在俞大明的眼睛里看到了一丝狡诈的冷光,我相信自己的直觉和判断力:我掉进了一个圈套,这个圈套很深很大,里面有很多弯弯绕。平时所有杂乱的记忆,此时全部穿成了一条线:俞大明用安排好的菜单引导我,慢慢和我拉近距离;他每次都把我领到没人的地方,每次都把菜单收回去,不留下证据;他每次都让我大声宣布这些菜是我推荐的……这一切我怎么向警察解释? 我是点菜师,还收了人家的红包,这些红包怎么解释? 没有人可以给我证明!

俞大明的眼睛里闪过一丝得意的冷光,他冷冷地笑着说:"所有的人都看到了,你给我老婆推荐的菜里有毒,你眼睁睁地看着她被毒死,这就是事实!"

我还能说什么? 等着警察来抓吧,我彻底绝望了!

"你怎么知道菜里有毒? 你怎么知道我是被毒死的?"突然,我身边响起了一个女人沙哑的声音。只见在一片惊呼声中,周丽红竟然慢慢从桌边站了起来,她用手绢擦拭了一下额头上的汗,向俞大明投去了冰冷的目光。俞大明根本没想到会出现这样的局面,手一抖,酒瓶掉在地上,发出清脆的碎裂声……

周丽红扫了一眼地上的酒瓶,用讥讽的语气对俞大明说:"咱们的婚姻就像这只酒瓶,被你无情地摔碎了!"

俞大明立刻换了一副笑脸,说:"你没事? 好,没事就好! 我还以为……"

周丽红却狠狠地瞪了他一眼:"这一天你等了很久吧? 我很佩服你的策划水平,可惜你忘了,我曾经是一位话剧演员,假装被毒死很容易。"

这时候,警察来了,迅速控制了局面。

周丽红来到我面前,说:"俞大明安排了这一切,让你受惊了,很对不起。"

我根本就不知道这其中到底是怎么回事,我喃喃问她道:"为什么扯上我?"

周丽红说:"其实我知道俞大明早晚要走这一步,他希望我快点死。但他失算了,真正的幕后策划者其实应该是我。"

我愣了一下,直盯着她看,听不懂她说的这话是什么意思。

周丽红冷笑几声,说:"我有意在我家客厅里放了一本书,目的是试探他。那书上有一句话,'吃虾的同时,严禁服用大量维生素C,否则会生成三价砷,迅速致死'。他看到后,果然对它发生了兴趣,他认为这个办法简单易行,而且成功后他可以不受一点怀疑。"

我不知道我该说什么,只是听周丽红继续说了下去:"……早年因为露天演出,我落下了风湿病,很少出门。今天,他利用结婚纪念日的理由让我出来,而且事先想骗我服用大量维生素C。我跟他结婚二十年,他身上的弱点我清楚得很,爱耍小聪明,喜欢冒险,侥幸心特强。"

"……这和我有什么关系呢?"我气愤地打断了周丽红的话头,冷冷地问道,"可你们为什么要把我给扯上呢?"

周丽红笑了:"我需要一个证人,不是你,就是别人,反正我需要一个能证明俞大明有罪的人!"周丽红说完以后,我们一前一后都跟着警察去局里录笔供。走出几步的时候,她又回头对我补了一句:"只有你这个角色可以把俞大明计划中的全部细节串联起来,告诉警察。"

我低着头,麻木地走着,出现这样的结局,不知道算不算我的幸运?

(风 快)

(题图:魏忠善)

我是公司的秘书,女,工作兢兢业业,深得老总器重,和同事的关系也很和睦,可是,当老总的夫人从国外回来后,公司里立刻风云骤起……

中秋节时,公司给每个人发了两大箱哈密瓜。高兴归高兴,可我拿不动啊!正在犯愁,老总走了过来,笑眯眯地说:"怎么,搬不了啊?这样吧,我们顺路,下了班,我用车带你一程,让你老公下来把瓜搬上楼就行。"

老总平时和我关系挺好的,我也不见外了,笑了笑,说:"还是领导关心群众。"

下了班,老总开车到了我家楼下,我下车对老总说:"我上去把老公喊下来,他准是又在听摇滚歌曲,打电话又听不见,你等一会儿!"我家住的是六楼,我"噔噔噔"地跑着,跑到家门口,已是满头大汗,开门一看,老公居然不在家!我也懒得再下楼了,就算下楼,也得麻烦老总搬上来,于是我便打开窗户,扯着嗓子对楼下喊:"老总,我老公正好不在家,你上来吧!"

我怕楼下的老总听不清楚,又大声喊了一遍,这一下,我们这栋楼的,对面楼的,窗口里伸出好多脑袋往我这儿瞧,我顿时傻了眼,忽然想给自己一个耳光:老公不在家,让老总上楼——哪有这样喊话的啊!

那两箱瓜是老总帮着搬上来了,可这事后来不知怎么就传到了老总夫人的耳朵里,虽然老总说已向她澄清过了,但我觉得还是很有必要当面向她解释,可老总夫人那种居高临下的样子使我很郁闷,我觉得很难找到和老总夫人交流的方式。

这天,公司在一家大酒店举办庆功晚宴,下午,大家都在议论晚宴的事,女同事更多的是在讨论该穿什么衣服出席晚宴,有人提醒说:"这次宴会很重要,记住一定不要撞衫了,特别是不要和老总夫人撞衫了。"所谓"撞衫",源于港台的娱乐界,意思是明星出席活动时和别人穿了同样的衣服,这样就很没面子了。接下来,大家议论的话题就是老总夫人会穿什么样的衣服,几个女同事像几十只鸭子一样"嘎嘎"地嚷开了。

有人见我默默地坐在一旁,就走过来问我:"你可是老总面前的大红人,有什么小道消息没有啊?"大家听她这么一说,也都围过来七嘴八舌,要我提供"老总夫人会穿什么衣服"的内部消息。我马上诉起了苦:"你们又不是不知道老总夫人的厉害,我哪有胆量去跟老总谈这些无关紧要的事儿?"大伙儿一听,只得作罢。

晚宴终于开始了,同事们都穿着靓丽的服装陆续到场,当然,最后到场的是重量级的人物——老总、他的夫人,还有公司的大单客户。老总夫人进场那一刻,大家都有一种目眩神迷的感觉,老总夫人穿的盛装散发着一种迷人的光彩。不一会儿,一件令全场人意想不到事发生了:同事们齐刷刷地全把目光聚焦到了我的身上⋯⋯

原来,我和老总夫人"撞衫"了!众目睽睽,我的脸开始发起了烧,虽然我的衣服质地比老总夫人差了几分,但式样和颜色都是一模一样的。老总夫人的脸色有些难看,现场出现了片刻尴尬的气氛。

晚宴开始后,在老总的提议下,大家开始推杯换盏。由于我和一些大单客户业务交流比较多,我就端着酒杯去老总那桌敬酒,轮到给老总和夫人敬酒时,大家都停下了手中的筷子,看着撞衫的我和老总夫人。

我显得很轻松,笑着说:"很荣幸和夫人撞衫,这比买彩票中五百万头奖的几率大不了多少,看来咱们还真有缘。"

一句话,说得老总夫人松弛了冷峻的表情,旁边的客人也都会心地一笑。后来,老总夫人不仅不再板着脸,还放下架子来我们这桌敬酒,最后拉着我的手微笑着说:"什么是缘分?这就是!咱俩以后就是姐妹,如何?"我听了,高兴地举起盛满了葡萄酒的杯子,说:"好啊,我就缺一个姐了,听说夫人最拿手做外国菜,改天定要去您府上拜师哦!"说完,我和老总夫人一饮而尽。

晚宴之后,老总夫人酒兴正酣,盛情邀我上她家去,这一个晚上,我们聊得很晚,平时郁积的那些隔阂烟消云散。

其实,这起撞衫事件是我精心策划的:自从得知老总夫人要出席那次晚宴后,我就知道这是一个绝好的机会,于是借机向老总打听他夫人会穿什么样的衣服,我不为别的,只是为了捕捉一个和老总夫人说上话的契机⋯⋯

（李　凤）

（题图:安玉民）

偶的处世经历

一个人的经历可以从他的脸上看出,而各人的经历又是多么不同! 有些脸尽管不会讲话,但它们却是记载着岁月但没有文字的书卷。

永远的忏悔

　　那是我辍学在家的第一个夏季，不知为啥，那年夏季卖冰棍的，全都是十几岁的少男少女。看到几个平时要好的伙伴，一个个出门赚钱去了，我心里不禁蠢蠢欲动。

　　一天，我的好同学姚丽来到我家，把卖冰棍的事说得天花乱坠的，还鼓励我卖冰棍，勤工俭学。我一时脑子发热，找到爹提出要出去卖冰棍。爹是个爽快人，二话没说就对我说："行，过几天，给你钉个箱子，车子是现成的，你没啥事，到外面转转也好。"

　　第二天一早，我还在梦乡里，就被爹摇醒了："娃，起来，我昨天去嵖岈山给你买了个冰棒箱，你看，今儿就可以卖冰棍了。"爹搬出自行车，绑好冰棍箱，又说："没卖过，开始不要批那么多，天热冰棍化得快。"我一骨碌爬起来，三分钟洗漱一通，吃个馍，揣好爹给的 5 块钱,出门找到姚丽,一起赶到冷饮批发站。

那天天很热,批发冰棍的人也很多,轮到我已是上午 10 点多了。姚丽交上 15 块钱,说:"批 100 个雪糕,100 个冰棍。"

"小丽,"我拉了拉她的衣服,轻轻地说道。

"有话出去再说,快装冰棍,每人冰棍、雪糕各 50 个,平分。"

我不再吭声,低着头帮姚丽把冰棍塞进箱子,一会儿,两人便离开了批发站。在路上,我忍不住又对姚丽说:"小丽,我只拿了 5 块钱,本想少批点冰棍雪糕。再说你知道,我嘴笨,话说不好,又没干过这事。"

"嘻嘻,"姚丽笑着说,"你别怕!你忘了咱俩从小一起长大,一起上学,还一起逃学,摘梨偷杏扒蝎子?以前咱俩吃啥东西,都是每人一半,现在呀,还一样,我的就是你的,保你吃不了亏!"

"小丽,我是怕万一卖不掉,我没钱还你。"

"又是钱!你能不能别提这事。我教你吆喝,冰棍雪糕——喊!"

"冰棍雪糕,"我埋下头,低低地叫了一句。

"抬起头,大声点,再吆喝一句,别怕,路上没人。"

"冰棍雪糕——"

"OK,真棒。"姚丽在我面前跷起大拇指。

我们一起转了几个村庄,晌午时已卖掉很多了。在一座小桥上,我们歇了好一会儿,姚丽推了推我的手,老练似的对我说:"前面是方庄,你从村中往北,我从村中朝南,咱俩分开卖,回头在这小桥上见。""好!"

"冰棍雪糕,冰棍雪糕……"我推着车子,在炎炎烈日下拼命地吆喝。可老半天都没一个人买我的冰棍,我暗暗骂自己:怎么这么笨,离开姚丽,就一事无成!

"冰棍雪糕,冰棍雪糕……"我推着车子走到方庄的最后一排人家,脚步重得像灌了铅似的,心里已绝望了。

"冰棍雪糕,冰棍雪糕——"正在这时,不知从哪里"腾腾"跑出来一个三四岁的小男孩:"大姐姐,雪糕咋卖? 你看我的钱够买一个吗?"小男孩伸出胖乎乎的小手,把钱递了过来。

这是一张卷成卷的百元大钞! 我的呼吸粗了起来。

"大姐姐,钱够吗?"小男孩看我迟疑的样子,又问了一句。

"够了,够了。"我连声说,弯腰给他拿雪糕。

小男孩把小手在背心上擦擦,接过我递给他的雪糕,我一声"喂——"喊找钱却没叫住他,他转身"腾腾腾"地跑远了。

我手里捏着一百块钱,犹豫了起来。突然,我心里闪过一个念头,掉转自行车龙头,跨上车,飞也似的逃出了方庄,往小桥处赶去。

此时姚丽正坐在树阴下吃雪糕,看我来了,忙站起来说:"卖完了?"

"没有,咱快走吧。"

"那?"

"快走吧,我很饿。"

"那,没多少了?"

我嘴里"嗯"了一声,算作回答……回到家里,我推说累得慌,饭也没吃,倒头便睡。可哪里能睡得着呢? 我一闭上眼,眼前就出现烈日下的那个小男孩:浓眉大眼,胖乎乎的脸蛋,胖乎乎的小手……想起白天所做的一切,突然间,我觉得自己简直不是人,是混账,是王八蛋!

我迷迷糊糊地睡着了,醒来时,已是上午 10 点钟了,姚丽已坐在一边。我抬起头,对她说:"我今儿不卖冰棍了,很累,我想休息一下。"

"我不是来找你卖冰棍的,你知道不? 昨个咱去卖冰棍的那个方庄,出事了。"

"出啥事了?"我一撅屁股爬起来。

"是我爸说的:昨天方庄有个小孩,拿了他家卖猪的 100 块钱去买冰棍,被他爸狠狠地扇了一巴掌,谁知道一失手竟把那小孩打死了。小孩他妈抱着儿子的尸体,哭天抢地,后来,偷偷地跑进屋喝了一瓶农药,那小孩他爸一时气急疯了。"

"那小孩死了?"如同五雷轰顶,我呆住了……

后来几天,我都没出去卖冰棍。到第七天上,我步行了十几里路去了方庄。村北的荒野上多了一堆新土,没有花圈,坟前只摆了几块旧砖。

我静静地站在那里。这是我为他们母子铸造的坟墓,这坟墓里埋葬着我那卑鄙无耻的贪欲与不可饶恕的罪恶。躺在坟墓里的应该是我,应该是下十八层地狱永世不得超生的我!

"宝童,"不知啥时,姚丽已轻轻地站在我身后,眼睛红红的。"这一切并不全都是你的错,我不该拉你去卖冰棍,不该带你来方庄,更不该和你分开。我们是一对好姐妹,你说过。"

我们又路过方庄时,一位老大爷告诉我们:那小孩他爸在发疯的第二天就走了,疯疯癫癫的不知上哪去了……

多少年过去了,唯一知道隐情的姚丽,在一场车祸中死去,可我的犯罪感并没减轻一份,我一直希望能碰上那个疯疯癫癫的中年男子,跪在他的面前磕几个响头。我不乞求他的原谅,我只想对他说,我就是数年前那场灾难的肇事者,然后一切由他处置。

可始终没有。

于是,我决定将它公布于世,只希望他人别被邪念糊住了双眼……

(申宝童)

(**题图**:魏忠善)

糖水里的月亮

　　十二年前，我从师范专科学校毕业后，被分配到一所农村初级中学教书。学校很偏僻，偶尔来了辆小汽车都会成为师生们引颈注目的焦点。

　　秋季开学不久，赶上了农忙季节，班上的李春芳好几天没来上学了，一打听，说是她妈妈叫她停学回家干农活了。

　　下午放了学，我去李春芳家家访。一路上，了解到李春芳辍学的原因：她父亲年前病故后，母亲就一病不起。李春芳有个哥哥患小儿麻痹症，双腿落下残疾，做农活只能算半个劳力。李春芳还有个姐姐，叫大丫，是家里唯一的全劳力了。

　　李春芳的家就在村口，三间破旧的草屋，屋里光线很暗，没有一件像样的家具，但收拾得干干净净。李春芳的母亲躺在里屋的一墩土炕上,知道我的身份和来意后,就向我哭诉起家里的困境来。

不一会儿,姐弟三人从田里回来了,李春芳和哥哥躲到厨房里拾掇晚饭,姐姐大丫陪我坐在里屋。

我说些李春芳成绩好、有希望、不能耽误她前程的套话,她的母亲就是哭哭啼啼地不松口,指着大丫一个劲地唠叨:"大丫这孩子太苦了,打小就没上过学,苦咋能都叫她一个人吃!"

一旁的大丫说话了:"妈,我求你多少次了,让二丫念,活总有忙退的时候,大不了饭吃快点,觉睡少点。要是耽误了二丫的前途,我一辈子也不安心哪。"

母亲还是不松口,大丫一下子抽泣起来:"妈,你就是不听女儿的话,也得给杨老师一个面子呀,人家大老远地跑来,你要是再不答应,我就不干活了。"

我这才认真打量起大丫来:她的五官很清秀,只不过由于劳累,显得有些粗糙。"

在大丫一再要求下,母亲终于答应让二丫继续上学。

大丫全家留我吃饭。饭菜很简单——一碗没有肉丝的"雪里蕻",一碗蒸鸡蛋,大丫将蒸鸡蛋一分为二,一半给了她病床上的母亲,一半倒给了我。

我决定趁热打铁,"思想工作"从国内做到国外,从现在做到将来。他们姐弟三人听得认真,大丫忘了吃饭,不时地插问着这个那个,那双漂亮的大眼睛流露着惊奇和向往。

饭后告辞,我掏出仅有的五十块钱,硬塞给了李春芳的母亲。

李春芳背着大丫早已收拾好的书包,跟着我上学了。走了好长一段路,我们回头望时,看见大丫还倚着门框望着我们。

十几天后的一个下午,放了学,李春芳磨磨蹭蹭地不肯走,一问,她说姐不给她念书了,要她回去帮着干活。我有些奇怪,大丫从来都是支持李春芳读书的呀,况且,农忙已告一段落,她怎么会在这个时候打岔? 李春芳央求我去和她姐姐说说。于是,安排好了晚自习,我又一次到李春芳家家访。

天还没来得及黑下来,圆月却已经挂得高高的了,满天满地如水的月光。大丫似乎预料到我又要来,简陋的家整理得干干净净,大丫自己也收拾满身利索,英气逼人。

我和大丫来到院子里,面对面坐下。大丫少了那天的多言快语,静静地听着我的劝导,不敢正视我,只勾着头望着自己划来划去的脚尖,像一个挨训的胆小学生。

我不过是重复以前的话,但我知道,这些理由对这个贫苦的家庭是多么苍白无力。

大丫不表态,就那么听着,偶尔飞快地瞥我一眼。过了一会儿,我也没了话,有些冷场,大丫突然站起身进了里屋,不一会儿,给我端来一大碗热水。

我正说得嘴干舌燥,捧起粗瓷大碗猛喝了一口,但马上又将水吐出来,水太烫,也太甜——那是碗白糖开水。

大丫接过碗去,一边责怪自己昏了头,一边轻轻地吹着,她的刘海轻拂着我的脸颊,很快又轻轻地闪回去。里屋传来大丫母亲的喊声,大丫递过大碗,回屋替母亲翻身去了。

我手里的白糖水微微地冒着丝丝热气,里面浸着模糊的月亮。我从小吃腻了糖,以至蚀坏了牙,上了大学后,我还附庸风雅地学会了喝咖啡,这浓糖水,我实在喝不下。

正在这时,一只小飞虫落进了碗里,我立刻为自己找到了理由,就趁大丫还没回来,把满满一碗糖水泼到地上,碗里的月亮消失了。

大丫回来了,望着被我泼湿的地方,一时愣住了,过了一会儿,她轻叹了口气,幽幽地说:"杨老师,我让二丫明天就上学去。"

　　我很长时间都弄不明白,大丫怎么一下子就改变了主意呢?

　　李春芳再也没有失学,上完高中,读了大学,她终于没被贫苦的家境耽误了前程。再后来,她嫁给了我。

　　李春芳的哥哥后来也结了婚,媳妇是用大丫换的——大丫给弟媳的哥哥做媳妇。大丫的丈夫人高马大,也很憨厚,但大丫一直和他过不来,三天怄气,两天拌嘴。磕磕碰碰了几年,大丫终于在一次争吵后喝农药自杀,结束了年轻的生命。

　　春芳哭得死去活来。那天晚上,她眼睛红肿着对我说:"你不是常问那次姐姐为什么突然又让我念书了吗?你还记得那碗白糖水吗?对你来说,那白糖水算不了什么,但那时,白糖水却是我们家最好的奢侈品,只有妈妈病情加重时才能喝上它。那碗白糖水装着姐姐多少情意啊!姐姐看你泼了那碗糖水后,心就绝望了。"

　　"绝望?"我茫然地问。

　　"姐姐从没有让我辍学的念头,那次说不让我念书,是我们姐妹俩的一个小计谋。姐姐从第一眼就爱上了你,她想你想得不得了,她想听你说说话儿,姐姐悄悄地跟我商量,只要说不让我念书,你就会来我家,她就能看到你。她甚至准备在那晚向你表白的,可是……那天你走后,姐姐站在那儿一个劲地自言自语:'他怎么连白糖水都不喝呢?'我拉她回家,她说:'小妹,好好念书,长大嫁给杨老师。'你泼了那碗糖水,泼了碗里的月亮,也让姐姐清醒:她和你不是一个层次上的人,她永远接近不了你,你也永远接纳不了她。就像白糖水和咖啡,溶到一起都变了味一样。"

　　我恍然大悟,同时深深地自责,是我把大丫满腔的希望和糖水一起泼掉了呀!

　　那以后,我就常常回忆起月光里的大丫,和糖水里的那轮月亮。

（杨　格）

（题图:魏忠善）

知道回家的伞

我是个的哥司机。

几年前，我们这座百十万人口的中等城市，出租车像蚁洞里的蚂蚁，黑压压挤不动，我的生意非常糟糕。终于有一天，无奈的我只好在车屁股上贴了块"此车转让"的大膏药。可是，这大膏药在车屁股上贴了几个月也无人问津，我的心凉透了。

没想到，就在我陷入困境的时候，一把雨伞竟给我带来了转机。

那是一个夏夜，我开着车慢吞吞地在大街上游荡。一个年轻的女人招手要车。她上了车，问我："去丁香巷知道吗？"我点点头，心想：这女人很有意思，这屁大的小城还有哪个拐角旮旯没让的哥走过？我没有直接看她，但凭着车厢里的气息就能感觉得到,她应该是那种白领姑娘,她要去的丁香巷是有钱人住的地方。

车开到半道,天忽然变了,几乎在瞬间,倾盆大雨直往下浇,到了丁香巷口,她付了钱后却因暴雨没法子下车。尴尬的局面出现了,她望着窗外发愁,我望着她心焦。

我突然想到我车子的后备箱里有一把雨伞,于是就打开车门跳下去,冲到车后把雨伞从后备箱里拿了过来。虽然时间不到一分钟,但因为那雨实在太大了,回到车上我已经成了落汤鸡。我把伞递给她的一瞬间,她竟感动得有点结巴了,说:"这……这……我……我怎么和你联系?"

我随手给了她一张名片,她接过名片一连说了几声"谢谢",然后就开门急匆匆地下了车,撑开我给她的雨伞,走进了巷子。透过车窗,我看着伞下她那苗条的背影,竟然产生了一种想和她在车里多呆一会的欲望。

午夜,我拖着疲惫的身子回到家里,草草地吃了点东西就上床躺下了。虽然很累,可躺下后我却怎么也睡不着,盘算一天的收入,扣除汽油费,其实没赚啥钱,如果再加上那把雨伞的损失,就更不行了,因为那伞是我新近才买的,现在就这么白白地送了别人,我真是个绝顶的"傻冒",也不知当时自己是怎么想的。但又一转念:这把伞如今在一个文静贤淑的女人手里,也怪有意思的,心里反而有了一丝柔柔的暖意。

过了几天。那天早上,我还没起床,妈妈就拿着一把伞来到我床前,笑着对我说:"儿子真行哦,你的伞知道认家门了。"我莫名其妙:"怎么回事?"妈妈说:"你好有眼力哎!能这么做的闺女,一准就是个好姑娘。"天啊,我一看,这不正是前几天那个雨夜,我给搭车姑娘的那把伞吗?

那个雨夜的情景立刻像电影一样在我的脑海里一遍遍地播放起来,我想起了戴望舒的诗《雨巷》,想像着自己遇上了打着油纸伞走在雨巷里的丁香般的姑娘。那天上午我竟忘了出车,从书橱里翻出戴望舒的诗集,模仿《雨巷》写了一首诗《雨伞下的眼睛》:朦胧的雨夜/她的脚步/轻轻,轻轻/银白色的灯下是那悠长/悠长的雨径/伞上颤抖的雨点,和着/心跳,雨水/打湿了她的眼睛……

　　这把回家的雨伞,把那个充满暴雨的夏夜变得这么美好!我每天驾着车在大街小巷中穿行,只要一停下来,姑娘的身影就在我脑海里出现,有好几次,我甚至不由自主地把车开到丁香巷口停下来,往巷子里张望。

　　就在我渴望见到那姑娘的时候,她打来电话说要用我的车,我那个激动劲儿就别提了!姑娘见到我后就笑着埋怨说:"为了还伞,可把我给难住了。要不是电信局的朋友通过电话号码帮我查到你家的地址,说不定那伞就回不了你的家了。"我傻笑着,不知说什么好。以后,她开始经常用我的车,平均每周都有个一次两次,只要电话叫我,不管有多大的事,我都会很快出现在她的面前。但每次见到她,我都不知该说什么,总是她问我答。事实上,我的生活里已经不能没有她了,她的出现,让我的思想从困境里摆脱了出来。我甚至想,不能没有车,好像失去车就意味着失去她。

　　转眼到了第二年春天。在一个晴朗的早晨,我接到她的电话,她说要包我的车去郊外踏青。我连想都没想,一口应下了,那一刻,我真是热血沸腾,冲下楼去,驾车直奔丁香巷。

　　车到巷口停下,眼前的情景使我惊呆了:她和一个男人带着一个漂亮的女孩,正等候在那里。男人英俊高大,一副斯文模样;女孩有四五岁,像一个精致的芭比娃娃。我愣了好大会儿才缓过神来,慌忙下车打了个招呼,就帮着他们把一大堆东西往后备箱里放。

　　装完东西,听到她在介绍:"这就是送我雨伞的那位师傅。

这是我老公,这是我女儿。"她老公很友好地伸出手来,说:"谢谢你对我们的帮助!"此刻,我的脑袋发胀,那些自己编织的梦一下子都飞走了。我不知道怎样把车开到了郊外。到了郊外后,我才一点点回到了现实中。

那天是她女儿生日。我扮成摄影师的角色,把他们一家的欢乐都留在了相片上。中午,我们在草地上铺上雨布野餐,他们为女儿切开生日蛋糕又赠送完礼物后,亲自到出租车的后备箱里把一个长条纸箱取出,送到我面前。她说:"这是我们全家送给你的礼物。"我愣住了。看着他们一点点把箱子打开,里面是十把精美的雨伞,每一把伞上都印着我的车牌号和手机号,广告词是:知道回家的伞。他们看着我呆愣的傻样儿会心地笑了,她说:"这是我的策划,伞会回家的。我们全家祝你好运!"

几年过去了,现在我的车上备了二十多把伞。这些伞从来没丢损过一把。"知道回家的伞"都是我的回头客送回家的,你可以想像,我的生意有多红火。

(左　手)

(题图:安玉民)

掌声响起来

　　2000 年德国汉诺威世界博览会期间，我去位于德国北部的基尔看望我的妹妹，她在那里的一所技术学院任教。

　　基尔是一个非常美丽的地方，妹妹家的环境也很好，她留我多住些日子，我也就答应了。我在基尔住了两个月，因为一件小事，我几乎成了那里的名人，走在街上会有很多人和我打招呼。

　　事情是这样的，为了给汉诺威世博会助兴，那里的技术学院搞了一个叫做"自然与人"的有奖征文活动，前三名可以获得走遍欧洲的旅游奖励。妹妹问我有没有兴趣参加，我问她，外国人也可以参加吗？她说："没说不行就是行！你写吧。"

　　我在国内经常参加这类活动，而且频繁获奖，我有这个自信，于是就很认真地写了一篇，妹妹帮我译成德文，交到了征文部。

过了一段时间,通知来了,让所有参赛者都去学院参加颁奖大会,获奖者在大会上当场揭晓,很有一点神秘色彩。不巧的是我妹妹两口子那天有重要的事要去汉堡,所以他们只能把我送到学院就得离开。可我一句德语都不懂,英语也不行,怎么能参加活动呢?妹妹对我说:"没有关系的,到时候主持人宣布名单,你仔细地听,只要听到是你'杨河洋'的名字,你上去领奖就是了。外国人叫中国人的名字和我们的发音是一样的,你不用担心。"我心里还是有点慌,可也没有更好的办法。那天,妹妹把我送到学院,交待我午饭如何去吃,下午怎么样来接我,然后就走了。

我看时间还早,就一个人在校园里溜达,经过一个健身房,看到里面设备齐全,顿时勾起了锻炼的兴致,索性脱去外衣在里面大练了一场,再到颁奖会场时,人们才刚刚陆陆续续进场。我一看,来的大多是学院的学生,也有本市的居民,足有好几百人。

大会终于开始了。只见一个男主持人走上台,站在麦克风前,向台下望了望,非常有风度地从上衣口袋里拿出一个红本本,向空中举了举,然后拿出一张纸念开了。他一定是在宣读获奖名单,我可要听好了!

一大串的外文之后,只听他很费力地一字一顿念出三个字:"杨—河—洋!"

啊!我获奖了!我高兴得几乎跳了起来,我可以游遍欧洲了!我迅速站起来,像奥斯卡获奖演员那样,先向台下的观众挥挥手,然后健步走上了领奖台。我来到主持人面前,和他握了握手,见他瞪着眼睛看我,我指指自己,用中文说:"我——杨——河——洋!"

他似乎明白过来了,微微点点头,把那个红本本交到我的手上,我把红本本捧在胸前,等待着颁奖嘉宾来给我发奖杯。我早就看到在台子的后方并排放着三个由小到大的奖杯,我不知道德国人发奖是先发一等奖还是先发三等奖,反正那三个奖杯里肯定会有一个属于我。

可奇怪的是那个主持人握完手后,愣愣地站在那里冲着我笑。我心说,他们的效率怎么这么低呀?赶紧发奖杯呀!我不住地转身向奖杯望着,这时台下的人开始鼓起掌来,我向大家挥手致意,我想,可能是要把其他两位获奖者叫到台上来一起发。可那主持人再不说话了,只是冲着我笑,下面的人们开始站起来鼓掌,还有人吹起口哨。

难道我领奖的方式不够规范?我心里暗骂我那死妹子,她没告诉我这里的规矩呀!不会是要自己上去拿奖杯吧?我真是进退两难,下台不行,不下台傻站着也不行。这时,场内的掌声和欢呼声已经如雷贯耳,又等了一会儿,主持人还是没动静,干脆我自己拿个奖杯下去算了!我走到奖杯前,很谦虚地用手指了指最小的那个奖杯,看看主持人的表情,他笑着摇了摇头。我又指了指中间那个奖杯,他还是摇头。看来我得的是大奖了,我一把将最大的奖杯高高举起,感觉自己像个得了世界冠军的运动员。

这时,会场里群情激奋,全体观众站起来向我欢呼,我微笑着向大家致意,然后准备拿着我的奖杯下台。可是主持人上来用手轻轻地拦住了我,然后掏出刚才念过的那张纸,向台下说了些什么。不久,台下上来一个年轻人,从主持人手里接过那张纸看了看,主持人让他跟我说话,他却哈哈大笑,对着麦克风用结巴的中文念开了:"请允许我在颁奖仪式前说一件事,来自中国的杨河洋先生,您的护照丢在健身房了,有人把它送到了我这里,如果您在现场,请您在会议结束之后到我这里来拿一下!谢谢!"

什么?我低头一看,这时才认出来,主持人刚才给我的红本本,哪里是什么获奖证书,是我的护照!妈呀!我的脸当时一定是紫色的,我下台的时候像坐在飞机上……

可是,全体起立的人们还在不住地向我鼓掌,掌声经久不息。后来,听我妹妹讲,那里的市民在传说,我是世界上最幽默的人!

(徐 洋)(题图:箭 中)

见面礼

俗话说,怕什么来什么。这不,在我最穷困的时候,准丈母娘的生日到了。女朋友小娟跟天下所有的美女一样,也是很爱面子的,她早跟父母通报过了,准备在她母亲生日那天让我闪亮登场。唉,看来这份见面礼我是免不了了,不仅要送,还要送得轰轰烈烈,皆大欢喜。

去她家的前一天,我把积蓄全翻了出来,可是,我正在发愤图强准备考研,能有多少钱?包括硬币在内,勉强凑齐了五百大元。早上一上班,小娟的电话雷打不动地来了,她一针见血地问:"钱够不够?要不要我送点过来?"

小娟这姑娘什么都好,就是不懂男人的心,当着这么多同事送钱给我,这不是毁我的形象吗?我没有丝毫犹豫,立刻豪情满怀地提高嗓门：“够了够了！放心吧，保你满意！”

中午，我来到一家珠宝店，老板是我小学同学，不太熟，但总算认识。我一眼扫过柜台，立刻发现有两只看似一样的翡翠玉镯并排放在一起，标价都是2800元，拿出来仔细一看，一只是天然的颜色，而另一只是经过后天染色的。懂行的人都知道，翡翠贵就贵在颜色上，这两只玉镯一真一假，看起来差不多，但实际上有天壤之别。

走进经理室，寒暄过后，我拍着老同学的肩，把刚才的发现说了出来。老同学很惊讶，不知道我怎么有如此能耐。我哈哈一笑：“知道我正在报考什么专业吗？珠宝鉴定！老同学，你柜台里有些东西太假了，稍微懂行的人就能看出来，你胆子也太大了吧。”一番话说得他哑口无言，冲我直竖大拇指。

从珠宝店出来时，我口袋里装着那只染色玉镯，本来这位奸商同学是要送我的，但一来我不想欠他人情，二来价钱也不贵，就按进价买下了，才200元。我要了个精美的盒子装好，按照我的要求，售货单上一分不少，整整齐齐地填着2800元。

小娟看到玉镯的价格时，感动得一个劲地掐我胳膊，欢天喜地地领着我往她家走。说实话，我带着假货上门，刚走了一半就心里发虚了，路过超市时，我对小娟说：“再买点别的吧。”小娟杏眼一瞪：“还买，两千八了还不够？算了算了！”可我还是再三坚持，花光了身上的钱，买了几大袋东西提在手上，才安心了些。

由于心怀鬼胎，在小娟家里，我一直表现得谦逊谨慎、彬彬有礼。小娟见我迟迟没有动静，便上前从我口袋里掏出见面礼，郑重其事地说：“这可是他花了好几个月工资买的。”小娟父母听了，都啧啧地说：“太破费了！太破费了！”尤其是小娟妈，眼角眉梢里都是笑，把我从头到脚夸了个遍。

常言道乐极生悲，事情坏就坏在我身上。不知是良心不安还是脑袋发昏，我竟然鬼使神差地脱口而出：“听说现在的假玉器多得很，也不知道是不是真的。”

此言一出，小娟赶紧飞身补救："你不是学这个的吗，这还看不出来？肯定是真的！"

"对对，真的真的。"我如梦初醒，连忙闭上了这张臭嘴。

"面试"结束后，小娟小鸟依人地挽着我出门，显然，她的父母对我很满意。但是一路上我却乐不起来，总感觉心里发慌，似乎随时都有被揭穿的可能。我拐弯抹角地提醒小娟，翡翠玉器很容易碰断，最好还是收起来别戴，另外不要给外人看，摸的人多了会影响光泽……小娟笑嘻嘻地掐了我一把："怎么，舍不得了？放心吧，这么贵的东西我妈才不会戴呢，肯定收起来了。"

做贼心虚啊！我在心里暗暗祈祷，老天保佑！仅此一回，下次再也不敢了！

过了几天，我去找小娟，家里只有她一个人，我问她父母去哪儿了，小娟嘴一撇，说："都是你那句话闹的，什么假玉器多得很呀，弄得我妈一直疑神疑鬼不放心，这不，今天一大早拖着我爸去做鉴定了。听说鉴定费要好几百呢，这不是浪费钱吗！"

完了！我像是挨了当头一棒，一屁股坐下来呆若木鸡。小娟不解地问："你怎么了？鉴定就鉴定呗，花钱买个放心。你是学这个的，不会上当吧？"我苦笑着说："哦，这个……上当肯定不会的，就是觉得鉴定费太高了。""这怕什么呀，我妈说了，如果是假的，她就去消协投诉，找老板退货！"

天哪！我怕的就是这个呀！真要闹腾起来，我还有脸活吗？事不宜迟，我得抢先赶到珠宝店去，只有求老同学替我背黑锅了。可是，听说卖假货要加倍赔偿，还要罚款，就算他肯，这钱都要我来掏呀，我哪来这么多钱……

正胡思乱想的时候，门铃一响，小娟父母回来了。小娟嘴快，刚开门就一连声地问："怎么才回来呀，鉴定了吗？真的假的？值多少钱呀？"出乎意料，门口竟然响起她妈乐哈哈的声音："真的，真的，鉴定师说是好东西呢，纯天然的！"

怎么回事？我脑袋一时间转不过弯来，直到小娟将一张鉴定书放在面前，我才确信自己是真的度过了这场大难。我拿过玉镯细细一看，咦，这不是柜台里那只真的翡翠玉镯吗？怎么会到了我的手里？我想来想去，终于恍然大悟，一定是营业员当时拿错了。阿弥陀佛，老天保佑呀！

大难不死，必有后福。经过这件事，我得到了小娟父母充分的信任，也成了她家的座上客。事实证明小娟是有眼光的，两个月后，我考上了地质大学珠宝鉴定专业的研究生。临行前，小娟全家设宴为我送行。

小娟和她妈在厨房里忙碌，我跟小娟爸在客厅里边喝酒边聊。小娟爸多喝了几杯，满脸通红，突然，他把酒杯往桌上一放，用手拍拍我的肩膀，推心置腹地说："小伙子，要认真学习，有真本事才能有出息啊。"我没有听出他其实是话里有话，只是点头如捣蒜："对，对，您说得对！"小娟爸盯着我看了半天，看得我直发毛。他又压低声音道："别净买假货。知道吧，上次那玉镯是染色的，你上当了。我背着小娟她妈，另外又买了个真的换了。""啊！"我的脑袋"嗡"的一声，差点没从椅子上栽下来，嘴里喃喃道，"您、您看出来了？"他的脸上似笑非笑，喉咙里"嗯"了一声。

我愣了片刻，忽然想起小娟曾经说过，我这位岳父大人，早年曾是地质学院的高材生。老天，买镯子的时候我怎么就把这事给忘了呢，原来我一直都在班门弄斧啊！小娟爸像是看出了我的心思，凑到我耳边，说："不瞒你说，为了这个镯子，掏光了我几年的私房钱呢，记住，下次千万别再买假货了！"

这时，正好小娟端了一大盆剁椒鱼头上桌，招呼我们道："趁热吃呀！"我被鱼的热气熏红了双眼，连汗带泪抹了把脸，重重地点了点头。

（刘洪林）

（题图：箭　中）

不可战胜的民族

　　当年,我是一名志愿到中国参加反击日本法西斯的美国飞行员。

　　那次去执行轰炸任务,返航途中,我的飞机被日本兵的炮弹击中了,我当机立断让飞机紧急迫降。我知道日本兵很快就会寻来,所以迫降之后,我就赶紧在附近找了一片树丛,趴在那里屏声息气一动也不敢动,就这样在山上躲了两天。

　　山下就有村庄,可我不敢贸然进去,日本兵那么凶残,我相信没有一家中国人敢收留我。但问题是我实在饿得受不了,求生的本能迫使我决定下山去试试运气。

　　我忐忑不安地敲开村头一户人家的门,开门的是个瘦小的老人,满是皱纹的脸上长着一双浑浊的眼睛。老人惊讶地看着我，我不奢望他会收留我，只是打着手势，问他有没有吃的东西。老人警惕地探出头来，望望四周，突然一把把我拉进屋子，动作之敏捷，力量之巨大，完全超出了我的预料。

我就这样成了老人的客人，老人拿出烤熟的红薯，脸上满是歉意的笑，让我明白这是他能拿得出的最好的食物。的确，这也是我这辈子吃过的最香甜的东西了！

就在我狼吞虎咽的时候，一个魁梧壮实的年轻人走了进来，他的个头和我差不多，这在我接触过的矮小瘦弱的中国人里很少见。老人示意我不要惊慌，他指指年轻人，又指指自己，我明白了，这年轻人是他的儿子。

年轻人一面惊讶地打量着我的装束，一面张开双臂在屋里转了一圈，嘴里还发出"呜呜"的声音。我猜测他一定是问我是不是开飞机的驾驶员，便点了点头，年轻人立刻羡慕地朝我竖起了大拇指。

年轻人对我的装备非常好奇，他先是隔着枪套抚摸我的手枪，随后又对我带有指北针的怀表产生了浓厚的兴趣。我把怀表递给他，他拿在手里琢磨了很久，似乎想弄明白这神奇的玩意儿为什么会自己走个不停。我敢打赌，这个年轻人如果有机会上学，一定会成为一个优秀的工程师。

接着，年轻人又把怀表递给老人，老人小心翼翼地把它贴在耳边，听那清脆的"滴滴答答"的走表声。眼前这情景，让我突然觉得自己好像回到了美国的家中，和我的父亲和弟弟在一起。

年轻人向我打手势，示意日本兵正在追捕我，我点头表示明白。向他们表示感谢后，我就准备起身离开，对我来说，这对善良的中国父子已经做得够多了。我没有要回怀表，毕竟，他们冒着这么大的风险给我食物，我给再多的报酬也是完全应该的。但老人却拉住了我，示意我留下来。

就在这时，突然从不远处传来日本兵张牙舞爪的吆喝声，我知道他们一定是冲我来的,就拔出手枪准备出去同他们拼了,但老人却一把把我拉住了。老人表现得非常镇静,他敏捷地搬开一只已经装了半缸水的水缸,下面露出一个地洞,老人把我推进去,紧接着,他的儿子也进来了。

地洞里漆黑一片,狭小的空间一下挤进两个大个子,我和年轻人不得不紧紧地贴在一起。我很奇怪:进来的为什么不是老人而是他?

水缸已经被老人搬回了原位,几乎是与此同时,就听到院门被砸开的声音,日本兵恶狠狠的问话声一阵阵传来,但听不到老人的回答,然后"咚"的一声,是老人被推倒在地上的声音。紧接着,大概是日本兵在翻箱倒柜地搜查,到处是碗盏盆碟被横扫摔碎在地上发出的刺耳响声。过了一会儿,我听到头顶上好像有东西在水缸里搅动的声音,一定是日本兵怀疑水缸里藏着什么东西。我不得不佩服中国人的聪明:笨重的水缸看起来就像一个藏人的地方,日本兵的注意力因此都被吸引到水缸里面,而忽略了水缸下面的秘密。

日本兵当然一无所获,但他们不甘心离开,于是就开始拷打老人,想从他嘴巴里得到些什么,他们先是抽他的耳光,接着又用枪托之类的东西打他,时不时还夹杂着厉声地喝问,但老人始终一声不吭。

他们对老人的每一下抽打,都似乎抽打在我的心里,我真想冲出去同他们拼命,可年轻人却紧紧地抱住我。我心里冲起一股怒火:父亲被打,他做儿子的竟能这么无动于衷?这个贪生怕死的懦夫!我对他厌恶到了极点,我宁可冲出去被日本兵打死,也不想和他挤在一个地洞里。

我竭力要冲出地洞,而年轻人却愈加用力地抱紧我,我们俩的争执不可避免地弄出了响声,立刻就有日本兵向我们头顶走来,紧接着我感觉到水缸摇晃了一下。我握紧了手中的枪,心想：只要他们一挪开水缸，我就跳出去朝他们开枪，死一个够本，死两个赚一个！

可就在这时，突然响起一阵爆豆似的枪声和手榴弹的爆炸声，只听屋子里的日本兵都哇哇叫着冲出去了，我猛地推开水缸跳上地面，看到老人蜷缩着身子倒在地上。我拼命摇他，他睁开眼睛，看看我，又看看随后跳出来的儿子，然后一张嘴，竟然吐出几枚带血的牙齿，还有我的那块金灿灿的怀表！"给……你……"他身子抽搐了一下，再也没有了呼吸。

"爹……"年轻人扑上去抱住老人失声痛哭，我握着从老人嘴里吐出来的那块带血的怀表，鄙视地看了他一眼，站起身就朝门外走。说实话，我从心里看不起他：现在知道哭，刚才还钻什么地洞？

我大步走出屋子，只见院子里横七竖八躺着几十具日本兵尸体，原来从天而降的是游击队员，他们正在清扫战场，我看见他们一个个衣衫褴褛，有的甚至连一条皮带都没有，用草绳或毛巾系在腰间。

他们看见我突然从屋子里出来，有点惊讶，其中一个教书先生模样的人走上来和我握手，问我："你就是那位美国飞行员？"

我的天，他说的竟然是一口流利的英语！我赶紧向他说明一切，并要求他设法把我送回部队。

他说："没问题！你大老远来帮助我们作战，你就是我们的朋友，我们会护送你穿过封锁线的！"

在为老人举行了一个简单的葬礼后，我们上路了。

出发前，"教书先生"把我和年轻人叫到一起，他告诉我，年轻人将特别负责照顾我，这一路上我必须紧紧跟着他。

我立刻声明："我完全能够自己照顾自己——我可不愿跟着一个懦夫。"

但教书先生不容分辩地说："不行，这一路上情况很复杂，我们随时有可能会分散行动，所以你必须跟着他，他是这一带最好的向导。"

我还能说什么呢，只好极不情愿地跟在年轻人后面出发了。

一路上，我们与教书先生他们始终保持着一段距离，我不知道这是为了什么，又不能多问，只好闷着头赶路。年轻人大概看出了我的不满，但他什么也没说，也不给我打任何手势，只是在前面脚步如飞地走着。

这可苦了我了，因为我从来没有走过这么难走的路，没多久脚底就起了好几个泡，每走一步就钻心的疼，不过我不想在懦夫面前认输，硬是咬牙坚持着。

翻过一个山头的时候，年轻人看我这么痛苦的样子，就从地上捡了一根树枝，三下两下掰掉枝叶，做成拐杖递给我。可我就是不想要他的东西，我满脑子都是他父亲的脸庞，那个值得我一辈子尊敬和怀念的老人！我硬是挺着脖子向前走。

不知走了多少时候，突然耳旁"嗖嗖嗖"飞过一颗颗子弹——不好，我们被日本兵伏击了！

教书先生他们在瞬间就消失得无影无踪，我心里真不是滋味：平时说什么游击队员英勇善战，生死关头还不是就顾自己逃命要紧？懦夫不是年轻人一个，而是一群啊！我感慨着。

可出乎我意料的是，年轻人这时却显得分外英勇起来，他不由分说拽起我就跑，我越是挣扎，他越是拽得我紧。跑着跑着，突然他在一个土坑前收住了脚步，先把我扔了进去，随后自己也跟着跳进来，指指我身上，拼命向我伸手。我不明白他要干什么，就见他猛地朝我扑了过来，夺下我的枪，三下两下扒我的衣服。我想起他当初看我怀表时那种好奇和羡慕的眼光，莫非这个混蛋要抢劫我？

但是，我很快就为我的这个猜疑而悔恨终生！因为年轻人穿上我的衣服、戴上我的帽子之后，狠狠地把我往土坑里一按，又使劲儿朝我摇摇手,然后迅速跃出土坑,在匍匐了一段距离之后就站起身拼命向前跑去。

日本兵的子弹凶狠地追射着他,手榴弹不时在他身前脑后地炸响。直到此刻,作为一名军人的我才明白,他刚才扒我的衣服是为了什么,我的心颤抖起来。

我趴在坑底,尽可能地不被日本兵发现,我在心里默默地祈求上帝保佑他,当然也保佑我自己。可是我的祈祷没有用,因为很快,我就听到一种脚步声迅速奔我这方向而来,而且就在土坑旁停了下来。

我抬起头,准备跳出去与他们作最后的拼死搏斗,可是令我万万没有想到的是,站在坑边的竟然是那个教书先生。

我惊讶极了:"怎么会是你?我还以为你们丢下我不管了呢!"

教书先生把我拉上土坑,说:"我们不会丢下我们的朋友,刚才突然被日本兵伏击,大家必须分散隐蔽,尤其要引开敌人对你的注意力,因为你是我们重点保护的对象。"

我激动地对他说:"你们派给我的向导是个英雄,他……"

"我们都看到了,"教书先生神情凝重地朝我点点头,"在我们国家,这样的英雄很多很多,他不仅救了你,也救了我们大家!"

"可是,"我沉思着问他,"这样的英雄,为什么在日本兵上门的时候,他宁可让他的老父亲去面对凶残的敌人,而自己却躲进地洞呢?"

教书先生注视了我好一会儿,说:"看来你还不了解我们的处境啊!那些日本兵看到年轻人,就会抓他们去做苦役或者干脆杀死他们,所以面临生死抉择的时候,老人总是把生的机会让给年轻人。我们这里的每一个家庭都会这么做,为了将来的胜利,我们必须保存有生力量。"

我张着嘴,震惊得说不出话来。

教书先生领着我又继续上路了!

这以后,不管走到哪里,我的脑海里始终闪现着那个年轻人跃出土坑时的身影,我轻轻地问教书先生:"他现在会在哪儿?他能活着回来吗?"

回答我的,是教书先生久久的沉默……

就从这一刻起,我突然明白:我所融入的,是一个多么富有善良、宽容、智慧和勇敢精神的民族!

我想,这样的民族是没有人可以战胜的。

（廖　华　整理）

（题图:佐　夫）

别叫我大姐

　　我只身一人在深圳打工，想租一间便宜的房子住，于是找到房屋中介。

　　中介告诉我，正巧有一套简陋的两居室，房屋很小，但是配置比较齐全，还带有一个小小的卫生间。中介指着我旁边的一个女孩，说她叫于小文，我可以和她合租，这样租金分摊下来就更便宜了。我有些犹豫，因为我神经衰弱，很怕吵闹，一点噪音都会影响我的睡眠，我不想和女孩合租，但一个人租两居室，租金不便宜。

　　正在我左右为难时，中介说，于小文安静得不得了，保证不会打扰我睡觉。我打量着于小文，她二十出头，衣着朴素，举止局促，操着浓重的山西口音，一看就是个刚从农村来的打工妹，整个人看起来很腼腆清爽,立在那里几乎一言不发。我对她一下子就有了好感,便同意合租了,我住里面一间,于小文住外面一间,靠着卫生间。

小文果真很安静,无论出门有多早,回来有多晚,她总是悄无声息的,从来没有搅醒我的美梦,我甚至感觉不到她的存在,我们虽然住在一起,和小文交流的时间却很少,小文总是不大说话。有一次,我忍不住说:"小文,别听说我睡觉怕吵你就草木皆兵,什么时候都不说话啊!"小文红着脸,低着头,小声地说:"我们农村人说不好普通话,难听死了,说了怕你听不懂,也怕你笑话。"听着小文那发音独特的家乡话,看着她乖巧的模样,我被逗乐了。

我们就这样相安无事地过了五天。

这天晚上,我不太舒服,便早早地回房睡觉了。不知什么时候,只听见门外传来"扑通"一声巨响,我被惊醒了,竖起耳朵细听,浑身寒毛都竖了起来,是小文的声音!那声音痛苦而微弱,分明在喊:"打劫!救命!"

我从床上跳下来,哆嗦着身子,来到房门前,屏住呼吸,把耳朵贴在门板上细听。这时候,小文的呼救声又响了起来:"打劫,救命!"还似乎伴有挣扎声。

天啦!屋里什么时候进歹徒了?小文她被歹徒控制住了?

我正准备拉门而出的时候,手突然软了下来,因为一幅恐怖的画面出现在我的脑海里:五大三粗的歹徒,把尖刀横在小文的脖子上,捂着小文的嘴巴,虎视眈眈地盯着我房间这扇门!如果我这个时候开门出去,歹徒可能会先杀小文,然后再杀我,而我和小文都手无寸铁,我们打不过有备而来的歹徒啊!现在我所能做的,就是偷偷地拨打报警电话。

我哆嗦着双手,寻找手机,想打报警电话,可糟糕的是,手机放在外面小客厅里。怎么办?要不,我开窗大声呼救?可一想也不对：如果我一喊，歹徒一定会狗急跳墙，先杀小文，然后就对我下手。思来想去，我只能假装还在睡梦里，没有发觉外面的动静，好让歹徒放过我。

于是，我只好在心里祈求小文的宽恕：小文，原谅大姐，其实我是想救你的，但是现在的情势，让大姐我不得不眼睁睁地看着你在危险里挣扎。大姐我过了30年的苦日子，现在刚刚好起来，还没有来得及享受生活的快乐，甚至还没有谈一场轰轰烈烈的恋爱，大姐我不想死啊！

下意识里，我哆嗦着双手，把卧室门锁又上了一道保险。

门外，又传来小文更微弱的声音："打劫！救命！"那声音像锋利的小刀割在我的心上，但最终，我还是一动不动，任凭小文的呼救声越来越小……

突然，门外传来一声巨响，好像是凳子倒地的声音，我的脑海里放映着小文被歹徒击倒的血腥场面，现在那歹徒一定正拿着尖刀，凶狠地观察着我的房间，搜寻着蛛丝马迹，我吓得瘫软在门前的地板上，大气也不敢出一口……

过了很长一段时间，天色渐渐泛白了，歹徒始终没有破门而入，门外也早已没有了动静，我渐渐地平静了一些，紧绷的神经也松懈下来，开始觉得有些不太对劲：为什么这么长时间歹徒只会在门外行凶而不破门而入？小文是个打工妹，房间里又有多少东西可以抢劫的呢？

这时候，我突然闻到了一股刺鼻的煤气味！这时，我再一想小文那求救声，顿时打了一个激灵：小文之前的呼叫声"打劫，救命"，应该是"大姐，救命"！我把她浓重的山西口音中的"大姐"听成了"打劫"。

反应过来后，我迅速打开房门，果然一股刺鼻的煤气味扑面而来，我飞快地打开门窗，跑到小文身边，只见她浑身赤裸地趴在房间的地板上，旁边有被翻倒的凳子。她一定是在卫生间洗澡时,被煤气熏倒,凭着强烈的求生意念,慢慢爬出卫生间,想向我这个大姐求救;看我很久也没出来,她便用尽最后一点力气推倒了凳子,想用凳子倒地发出的声响唤醒熟睡中的我,出来救救她。此时,小文紧闭着双眼,小嘴痛苦地张开着,一动不动。我慌忙拨打120,可是等救护车赶到时,屋里的煤气已经散去,而小文却再也没有醒来……

　　警察来现场调查,确定小文的死亡属于煤气中毒事故。我和小文合租的简陋房子,因为年久失修,热水器的导气管已经老化,小文当天晚上回来打开煤气洗澡,导气管终于不堪重负,开裂漏气……

　　其实,当小文向我这个"大姐"求救时,我只要打开房门冲出去,悲剧就可以避免。但是,我却把她喊出的"大姐"误听成了"打劫",我凭空想像了一个穷凶极恶的抢劫犯,我被自己吓倒了。

　　从这以后,每当别人喊我"大姐"时,我的心总会抽搐般的绞痛,因为善良的小文,更因为自己心里那个曾经自私、胆怯的恶魔。

(张庆萍)

(题图:安玉民)

偶的交友心得

最难达到的是人们的心灵深处，它不能以时间和空间来衡量。这最深奥的秘密，只能通过心灵与心灵的接近才能了解。

卖 烟 女

我不会吸烟,但我每天都要买一包香烟。

事情是这样的:

我刚调到这个单位之后不久,有一天下了班我往家走,走出没多远,看到路旁有一家烟店。我自己不抽烟,可我想,应该买包烟备着,说不准哪天新同事来串门,也好招待招待,于是便走了进去。

店老板是个瘦女人,正坐在桌子边一个人玩扑克牌,见我进来,她对着后墙喊了一声什么,应声由里间走出一位姑娘。这位姑娘年龄在二十二三左右,眉清目秀,一说话脸就红,因为皮肤白嫩,脸上那片红云就特别明显。

"先生,你要什么烟?"

"随便。"

姑娘微笑着站在那里,似乎有点儿尴尬。也许是我的回答使她有点儿为难,于是我便点点柜台玻璃:"这个吧。"

"三五牌,10元。"姑娘利索地把烟递给我,我付了钱。

大概是像我这样的顾客很少见吧,走出店门老远,我回头看看,她还站在柜台后面微笑地看着我。

我今年25岁,已经到了特别注意女孩子的年龄。但平时注意是注意了,结果却没有一个能引起我的朝思暮想,然而这位卖烟女却强烈地吸引着我。

这天晚上躺在床上,我翻来覆去地睡不着,她那秀丽的脸庞,甜甜的微笑,清晰地、长时间地显现在我的脑海里,尤其是显现在脸上的那片红云,啊!真是太美了……

第二天早晨上班时,烟店还没开门。下了班,我几乎是奔跑着来到烟店门口,那位姑娘微笑着向我点头,我不由自主地又走进了烟店。

姑娘见我站在柜台前,愣着,这回她没问什么,就拿出一盒三五牌香烟递给了我。啊,她已经认出我来了!每天那么多顾客,我只去过一次,她怎么就认出我了?

我感觉很开心,我又付了10元钱,这才恋恋不舍地回家。

晚上我躺在床上,又是翻来覆去地合不上眼:她一定是个打工妹……她有文化么……她家里一定很困难……她有没有……她……

从那以后,我每天都去那家烟店买一包烟,好像一天不去就心神不安似的。她呢,好像也很注意我,有时我去得晚了点,就见她一边应付顾客,一边东张西望,直到看见了我才仿佛定下心来,甜甜地给我一个微笑。

这一天,我又去烟店买烟,没有顾客,老板也不在,她一边把烟递给我,一边说:"你抽烟很厉害?"

"一天一包。"我骗她。

"这念什么?"她指着烟盒上的一行字问我。

"吸烟有害健康。"

"这话对么?"

"当然对呀!"

"那你为什么还要抽烟呢?"她瞪着两眼望着我。

我笑了,说她:"你太天真了,如果都不抽烟,你们这烟店不是要关门么?"

她低头不语。

回到家,我看见妈正在翻看我摆在书架上的香烟。妈见我回来了,问:"你买这么多烟干什么?"

"招待客人。"

妈把脸一沉,说:"你学会说谎了。"

我很羞愧,在妈面前不应该有任何秘密,我只好坦白。我吞吞吐吐地说:"卖烟的是个姑娘——挺好看,我——每天去买一包烟——看看她——"

妈笑了,说:"傻儿子终于行动起来了。你了解她么?"妈一边翻看那些烟,一边问我。

我说:"正在了解。"

妈看了我一眼,语重心长地说:"这个问题你一定要慎重。我别无他求,只要人正派,能通情达理就行——咦,这盒烟不对头,好像拆开过。"妈边说边把手里的一盒烟递给我。

我拆开一看,果然,这盒里并没有烟,只塞了一些纸,还有一张卷着的 10 元钞票。"

"这——这——"我莫名其妙,无言以对。

妈想了想,问我:"你去买烟,是说自己吸的么?"我点点头。

妈说:"这就对了。一定是这姑娘看出你不会吸烟,用这个办法试探你。看起来这姑娘心细而且聪明,甚至还有点顽皮哩,倒真是个讨人喜欢的姑娘呀!"

第二天,我又去买烟,老板娘在隔壁家具店里玩麻将,让姑娘一个人接待顾客。

姑娘说:你吸烟很厉害,一天一包。"

我红着脸说:"你已经知道我不吸烟,还讽刺我。"

姑娘很得意地笑了起来。之后,她对我说:"你以后来不要买烟了,如果老板娘在,你就说找个火,最多买个打火机,1元钱,拿回家还有用。"

我一听,心里乐开了花,好像觉得和她的心一下子贴近了。

以后,我们几乎无话不谈。果然,她的情况和我想想的差不多。她家在农村,母亲双目失明,只有父亲一人干活,她有两个上中学的弟弟,有爷爷奶奶,还有个九十多岁的老阿太。姑娘高中毕业没考上大学,现在一边打工一边学习,准备参加成人考试。

我提醒她:"一个姑娘家,独自出来闯生活不容易,千万要注意保护自己。"

她说:"你放心,这烟店由老板娘经营,老板专门搞批发,老板娘对他管得很严,他也很少到店里来。而且这烟店对门就是派出所,夜间都有值班的,即使晚上店里只剩我一个人,也不用害怕,安全得很哩!"

姑娘说得很肯定,可是我却越来越感觉到有一种危险正在向她——也向我袭来!因为我发现她最近谈话中时常提到一个叫"老王"的人,按她说是上级部门的,最近常到店里来,好像对她很关心,询问生意情况,也询问她的家庭。我平时爱好法制文学,喜欢看侦探小说,也许是迷得太深了,一听说老王的这些举动,马上就联想到"色狼"、"伪君子"这些丑恶的形象。我预感老王的出现不会是什么好事。

果然,姑娘以后的谈话更使我不安:"老王很和气,平易近人,没有一点架子。"伪装!

"老王很喜欢我,每次来都坐在我身边,对我亲亲热热的,就像一家人一样。"啊,动手动脚了!

我急着问:"这老王有多大岁数?""四十多吧!"虎狼之年!

这一天,姑娘对我说:"老王今天又来了,说是发现我们店里卖出的高档烟中有假烟,并告诉我识别假烟的方法,还把货架上哪些是假烟指给我看,要我注意这些假烟的来源,有情况就报告。"

这个家伙,既做工作,又接近姑娘,真可谓"名利双收"了!

我对老王忌恨得火冒三丈,我不愿轻易放弃这个姑娘,我决定对她加强"攻势"。第二天,我照例又去烟店,刚进门,姑娘就为难地对我说:"老板娘不愿意我和老王接近,要我不管老王问啥都说不知道。老板娘还给我加工资……

情况似乎有点儿复杂。不愿意姑娘和老王交往,这一点我可是举双手赞成,老板娘的态度越坚决才越好哩!但一想到他们店里卖假烟的事,这倒是耽误不得的正事,我当然不应该反对。于是我旗帜鲜明地告诉姑娘,要照老王说的办,注意那些假烟的来源。

这一天,我正在上班,姑娘打来电话,说有要紧事,要我马上到她们烟店去一趟。

我去了之后,姑娘指着堆在地上的一些纸箱,很紧张地告诉我说:"店里又进了假烟。"

我觉得挺奇怪:"箱子没打开,你怎么知道它们是假的呢?"

姑娘说:"这些时日我看出来了,他们进的货,其实都有暗号。你看,在箱子角上用圆珠笔划一个'×',凡是有这个标记的,里面装的都是真烟,我试过了;而没有这个标记的,卖出去之后总有顾客说是假烟。今天他们拉了一车烟来,我看其中有一部分就是假的。现在老板跟车回家卸货去了,你看怎么办?要不要告诉老王?"

我故意问她："你看呢？"

姑娘很坚决地说："告诉。我不能跟着他们干这种肮脏事情。"

我试探着说："事情暴露之后，你可能会失业的。"

她说："我不怕，老王说了，会帮我另找工作的。"

她每一次提到老王，我的心就像针刺一样，很明显，老王接近她是有目的的，而她对老王那么亲近，那么信任，这使我非常苦恼。我知道，我鼓励姑娘这样做的结果，只会使老王得到某种利益，我和姑娘说不定就会因此而彻底告吹，可良心还是驱使着我对姑娘说："你做得对，这事儿要快，直接打110吧！"说罢，我便出了店门。回单位的路上，我的心情很矛盾，后悔自己不应该这么做，可又觉着我只能这么做。

傍晚下班，我心里放不下，想去烟店看一看，走到店门口一瞧，事情不妙，店门关闭着，门上交叉贴着工商局的封条，一个人影也不见。我的心一下悬了起来。隔壁家具店的老板娘告诉我说："工商局来人了，在他们店里查出很多假烟。哼，这个臭婆娘，门挨门的邻居，还卖假烟给我们……"我没心情听她啰唆，打住她的话头问："那个在他们店里打工的姑娘呢？她现在在哪儿？"

"不知道。"那个老板娘说，"因为这事儿是她检举的，他们骂她没良心，还要打她。这打工的倒看不出，一点不怕他们，还对他们说：'你们敢动我一指头，我就去法院告你们……'不得了，真看不出！咦，她人到哪里去了？"

姑娘会到哪儿去呢？我失魂落魄地站在烟店门口，心里想：完了，说不定她已经跟老王走了。我真傻！

突然有人喊我的名字，我转身一看，是她！只见她手里提着一只包，由街拐角的广告牌后边走出来。她来到我身边，说："我一直在这等你。"又微微一笑，说："我失业了，不过也自由了。"

我故意问她："你打算怎么办？"

她把包递到我手里，说："我跟你走。"

一切怀疑，一切烦恼，顷刻间都在姑娘的这句话里烟消云散了，姑娘还是我的人，我欢天喜地地拉着她的手，说："走吧，到我家去。"

到了家门口，姑娘说："这太突然了，你是不是先进去打个招呼？"我说："也好。"进屋一看，妈已经下班，正在做饭，没等我把话说完，她就快步迎出去了。我向姑娘介绍："这是我妈。"不料姑娘竟惊叫一声："老王！"原来，她说的老王竟是我妈！唉——真是的，我想到哪儿去了！

进屋坐下之后，姑娘仍习惯地喊我妈"老王"，妈笑着说："别喊我老王了，我只有这一个儿子，你愿意做我的女儿么？"

"妈！"姑娘羞红了脸，一下子扑进了我妈的怀里。

不久，我们俩结了婚。

（陈志远）

（题图：谭海彦）

艺术的魅力

在师大读书的那几年,文学还是挺吃香的。我们一帮子弄文学的,经常聚在一起吃吃喝喝,成了校园里的一道风景。

刘翔是美术系的学习委员,爱情诗写得"毒",已经有好几个女同学中了毒,神魂颠倒了。但他不善饮酒,我们就常捉弄他。

一天我得了15元钱的稿费,做东请几个好友吃饭。酒席间,我端一碗酒,走到刘翔面前,说:"感情深,一口吞;感情浅,舔一舔。哥们义气重如山,刘翔你非得干了这一碗!"

刘翔脸都烂了,求起饶来:"阿山,我即兴赋诗一首,你饶了我吧!"

"我可不是涉世未深的少女,你休想用你那狗屁诗诱惑我!今天你喝也得喝,不喝也得喝!"我蛮横起来,替他把酒端到了嘴边。劝酒的人是不用讲道理的。

情急之中,刘翔突然有了高招,他把我拉到外面,压低声音附在我耳旁说:

"你莫凶,我带你去看人体模特写生,总可以了吧?"

我喜得一下子愣住了。在我们面前,刘翔经常吹人体模特写生如何如何,把我们的心撩拨得奇痒难耐,就低声下气,求他带我们也去见识一回,他总是笑而不答,骂我们居心不良。我们不服气,就团结起来围攻他。每次到了这针锋相对的时候,他便拍胸脯说:"我堂堂正正美术系的学生,看光屁股女人,叫艺术。艺术,你们懂吗?"把我们一个个气得眼睛都翻了白泡。我们这几个,我学中文,李阳谷学数学,张秋爽学化学,唐飞雨学日语,跟人体模特都沾不上边,气了也是白气。不想今天刘翔把这好事主动送上了门,我当即揍了他一拳:"够哥们,变卦就不是人!"

人体模特写生是非常严肃的事情,美术系的学生都关起门窗上课,非美术系的学生,胆敢靠近那间人体模特写生教室,都将被视为图谋不轨而受到严厉惩处,更不用说混进教室去了。刘翔在揍了我重重一拳后懊悔不迭,他将冒着开除的风险实现他的诺言。换了别人,肯定变卦了,但刘翔是死要面子的人,不得不领着我去闯禁区了。

行动之前,我们躲在一棵老樟树上,研究了周密的行动方案和注意事项。他反复告诫我:"第一,你要沉得住,平心静气,不能看到模特出来就惊叫起来;第二,要目光端正,千万不要东张西望;第三,你要装模作样地在纸上画画,千万不要露出破绽……老师揪出来我俩都完蛋!"刘翔一共讲了十八条,连讲了二十遍,把我吓得浑身直打哆嗦,几次差点从树上掉下来。

上课铃声响了,等进去了部分学生后,刘翔才要我跟着他大模大样走进教室,挑了中间靠后的位子坐了下去。教授戴起眼镜,坐在讲桌前,注视着进来的学生。我头上冒了虚汗,但不敢用手去揩。等最后一个同学进来后，教授宣布上课，刘翔站起来点了一遍名，点一个站起来一个，点完了他不慌不忙报告教授："全班五十个同学，一个不多一个不少，都来了。"

"好！"教授简洁地表扬了学生后，说，"请把窗帘都放下来。今天这节课，我们请模特做采花归来的动作，限同学们在二十分钟之内画好，剩下的时间我要评议几个同学的习作。"

窗帘把教室全封闭起来后，讲台旁边的一扇门打开了，一个少女赤身裸体，手持几枝鲜花，自然大方地走到讲台前，向全体同学深深鞠了一躬，教授指导她摆好了姿势后，我欣喜地看到了这么一幅美丽的图画：一个纯朴秀丽的乡下女孩，斜靠在一棵桃树上，她把从山上采来的一束鲜花小心翼翼地捧在胸前，低头嗅着芬芳的花香，一脸的幸福和欢喜。我深深地陶醉了，不由自主地在纸上"哗哗"写起赞美诗来。教授已经宣布停止了，我还在奋笔疾书。教授眼睛多厉害啊，立即看出了我是在写而不是在画，他要我马上放下笔站起来。

这下大家都发现混进了陌生人，立即喧哗起来。

模特大惊失色，一边大骂"流氓"，一边掩面跑进了更衣室。

教授勃然大怒，拍起了桌子："你是什么人？怎么进来的？"

"完了，完了！"我脑子里一片空白，可脸上却没有任何慌乱的表情，"教授，我是中文八八级二班的学生，叫林山，热爱艺术，自己混进来的。我知道自己闯了大祸，随便你给予怎么严厉的惩罚，我都不记恨你。"

议论声一下止息了，教授的脸色也温和了许多，说："哦——你就是那个在大型文学期刊上发表小说的才子？把你刚才的东西给我，我要看你到底写了些什么！"我的心紧张得怦怦直跳，走上去，把赞美诗恭恭敬敬交给了教授。教授飞快地扫了一遍，然后有板有眼地念起来：

"天地精华，尘世至美！"

"好!"教授赞叹。

"风华夺目,颜色惊心。"

"好!"教授再次赞叹。

……

教授念完了,严肃地看着全体同学说:"今天的事到此为止,谁也不许说出去。林山同学,你可以走了,下不为例。"

"教授,谢谢你。"我向教授投去了感激的目光,"我的东西你忘了退给我呢。"

"你写的这个东西嘛,我不想说没收两个字,就算你送给我了。"教授狡黠而天真地笑了。

下午上完了课,我请刘翔喝酒压惊。刘翔说他今天尿都被教授吓出来了,我哈哈大笑起来。笑过之后我说我要把这事写成小说,绝对有人能从头看到尾。刘翔接过话头,说了一句粗话,我扬起拳头就要揍他,可拳头还扬在半空,一个女人到了面前,我抬头一看,原来是那个模特,赶紧慌慌张张请坐。

模特抿了一口酒后,叹起气来:"当模特,亲朋好友都不理解,都骂我不正经,伤风败俗……想不到你一个非美术专业的学生,竟把我看得那么神圣和美好,我非常感动。"

我不敢看她的眼睛,紧张得也不知道说什么好,就只顾吃菜。

模特接着说:"麻烦你将课堂上那篇文章重写一遍,好吗?我不会再干模特了,明天就要离开这里了,我想把它作为我模特生涯的纪念。"

我郑重地点了头。酒足饭饱,回到寝室,凭借酒后的兴奋劲,一气呵成,写了一篇新的赞美诗。我送到她房间,她看了后,羞涩地对我说:"难得你有这份理解,我会永远记得你的。"

她送我一直送到楼下,就在我要说再见的时候,她把一个画筒塞到我的手中,看着自己的脚尖说:"这是教授给我画的像,我送给你,希望你喜欢。"

　　跑回寝室,我急忙展开画卷:她美丽的身体又一次呈现在我面前,那么纯洁、那么生动! 我的心几乎要蹦出怀了,她居然送了我裸体画像,这份礼太重了,我立即把她藏在了箱子底,再也没有勇气去触动她。

　　一晃就五年过去了,我身边的同学陆陆续续结了婚,只有我的感情生活还是个空白,好几个女孩子愿意填补这个空白,都被我婉言谢绝了。后来我终于明白,自己是在等待一个人……

　　也许是上天自有安排吧,这个等待了整整五年的人终于还是来了。那天傍晚我正在拐向文化馆的巷子里散步,一个女孩径直走向了我。真是喜从天降! 我忍不住"啊"地叫了一声。女孩脸上写满了风尘和疲惫,泪水盈盈地望着我说:

　　"没人敢要我这个当过模特的坏女孩,我只有找你了,你娶了我吧。"

　　我没法阻止自己的激动,立即张开双臂,把她紧紧拥进了怀里:"你的确是个坏女孩,害得我苦苦等了你五年!"

　　新婚之夜,我从箱子底小心捧出了妻五年前送给我的画像,妻用目光直视着我,调皮地提出了一个刁钻的问题:

　　"不许撒谎,当年你混进美术系的人体写生课堂,面对我一丝不挂的身体,真的没丝毫邪念吗?"

　　我大胆地迎着妻的目光,坦诚地答道:"爱妻,作为一个血性男儿,又在那么敏感的年纪,难免对女人想入非非;可当你美丽高贵的身体真的呈现在我面前时,我的心田,像突然漫过了一泓清泉,所有的杂念都洗得干干净净了。我可以对天发誓,那是我一生中最纯洁无邪的时刻。"

　　妻笑得眼泪直流:"你好老实啊!"

　　　　　　　　　　　　　　　　　　　　　　　　　(吴　为)

　　　　　　　　　　　　　　　　　　　　　　　(题图:刘斌昆)

与爱情无关

　　三年前,我在深圳打工,被一家电脑公司看中,老板林玉祥派我和另外几个同事先去偏远的分公司干两年,业绩显著方能回总公司工作。分公司地处深山小县城,生活条件自然不如城里,日子过得枯燥而单调,但这比起我们老家来,已经不知道要好上多少倍了,所以我很知足。

　　日子一晃过去了半年。这一天,同事刘伟急匆匆地跑来找我,说公司里的女文员林美丽住进了医院,是晚期胃癌,顶多还有三个月可活。我一听可就着急了,半年前我们来分公司报到时就是林美丽接待的,最初印象觉得她长得并不好看,但接触时间长了,才发现林姑娘心地善良,特别爱帮助人,这么好的姑娘,怎么偏偏会得了绝症?

"走!"我拉着刘伟说,"咱们去医院看看她。"

"别……别急。"谁知刘伟一把拦住我,吞吞吐吐了半天,才说:"我给你说实话吧,林美丽她……她很喜欢你。"

"什么?"我愣住了,脸涨得绯红,"这怎么可能?虽说林美丽平时对我挺关照,业务上帮我解决过不少难题,可她不是对所有的同事都挺好吗?"

"你呀你——"刘伟看我这么不开窍,跺着脚说,"公司里所有的人都瞧出眉目了,就你自己还蒙在鼓里!唉,也怪我不好,没早一点点拨你。你看,现在她多可怜,还谈什么恋爱,连自己的命都保不住了。"

刘伟说得很动情,我不由愣住了,不知道说什么才好,要知道,我在老家是有未婚妻的呀,只是我平时不好意思说。现在,怎么办呢?

刘伟好像看穿了我的心事,拍拍我的肩,说:"我可不管你过去有没有女朋友,反正,林美丽这么好的人,最后的日子里咱们可不能委屈了她。既然她一直对你有意思,你是不是也对她表示一下?就当演一回戏,让她开开心心地'走'!"

"你——"我瞪眼瞧着刘伟,脑子里乱哄哄的,没想到这在电影、小说里看到的设置"善意的谎言"、"好心的骗局"之类的事,竟然落到我的头上。

刘伟连连朝我摆手:"这可不是我一个人的主意,这是我们大家一块儿想的,现在不正跟你商量来着?林美丽人好,大家都想帮帮她。"

事情尽管来得太突然,可一想到林美丽平时对我的种种帮助,我还是硬着头皮答应下来了。我的未婚妻也是一个善良的姑娘,如果这事儿换了她,我想她也会这么做的,纯粹是为了帮人嘛!

接下来的事情出乎意料的顺利:我按着刘伟他们制定的"计

划"，每天至少两次到医院探望林美丽，就在她病情突然危急的时候，又及时向她表示了我的"爱慕之情"。

林美丽并不知道自己身患绝症，在爱情的魔力作用下，她苍白的脸庞竟然开始有了血色，精神也好多了，原本已经三天滴水未进了，可就在我向她"表示"的当晚，她竟能一口气喝下两碗粥，连医生护士都对她病情的突然好转感到不可思议。

就在这时，从总公司传来了好消息，由于我和刘伟干活出色，老板林玉祥决定调我俩回总公司工作。我如释重负地来到林美丽的病房，假装十分惋惜地把这个消息告诉林美丽，林美丽居然很为我高兴，反来劝我，男人应以事业为重，岂能过于儿女情长。

我当时就鼻子一酸，差一点掉下泪来。多善解人意的姑娘，如果不是家乡已有一位意中人在痴等着我的话，真不知我会不会就此来个假戏真做呢！我看着林美丽那消瘦的脸庞，不知该说什么才好。

回总公司上班后，虽然工作上顺顺利利的，可为林美丽的事没少操我的心，听说她的精神一天比一天好，我这出戏就还得唱下去。每次提笔给她写信时，我都在一遍遍地问自己：我到底应不应该把事情的全部真相告诉她？但是每次我都又忍住了。我对自己说：为了让她快快乐乐地离开人世，这场戏就演到底吧。我只能在心里悄悄对她说一声"对不起"了。

就这样，大约又过了一个多月。

这天刚下班，在公司门口，一个既陌生又熟悉的身影出现在我的面前，仔细一看不由大惊失色：来者不是别人，正是林美丽！久别重逢的她显得异常欢欣，一改平日沉默寡言的文静样，给我讲她在我们分手之后的种种事情，讲到忘情处，居然还大大方方地挽起了我的手，反倒把我闹了个大红脸。我心中一阵慌乱，好半天方才想起该问问她的病情怎么样了。

谁知不问还好，一问，林美丽的脸笑得可灿烂了："医生说只是胃溃疡和胃出血,什么胃癌,全是误诊!"

"什么?"我简直不敢相信她的话,这个玩笑未免开得太大了吧!现在我该怎么办?向她如实坦白,她会相信吗?再说她大病初愈,能承受这样的打击吗?

我心里正七上八下着哪,只见林美丽亲亲热热地对我说:"我已将咱俩的事告诉我父母了,他们可高兴了,说什么也要见你一面,说最好就在今天晚上。"

不得了,事情更麻烦了!也罢,反正林美丽癌症警报已经解除,今晚就当着二老的面把事情说清楚算了,求他们原谅我本出于善意的荒唐吧!

于是当晚,我随林美丽去她父母家。当我站在一幢漂亮豪华的西式别墅前时,我简直惊得目瞪口呆:林美丽的父母竟然这么有钱!而我竟一直以为她跟我们一样,只不过是帮人做事的打工妹呢。

林美丽的父母闻声从二楼走了下来。我定眼一瞧,不由得更加吃惊,原来她的父亲不是别人,正是我们总公司的老板林玉祥!这怎么可能?怎么可能?要不是身历其境,这种电影里、小说中才有的故事,我怎么也不会相信生活中会真正发生。

林玉祥大概猜到了我的心思,他也不急着向我解释,而是说起了林美丽的过去。

原来林美丽以前真的很美丽,人也非常开朗活泼,不幸的是在她25岁的时候,不知怎么患上了一种奇怪的皮肤病,病愈之后,原本白皙的皮肤竟变得黑乎乎的,干瘪瘪的,与她相恋两年多的男友绝情而去,为这份初恋的感情,她曾经伤心难过了很久。后来,母亲给她介绍了一个本公司的职员,交往不过三个月,林美丽就看见他在外面竟将另一个妖艳的女人搂在怀里。林美丽疯了似的独自一人跑到偏远的分公司去了,刻意隐瞒着自身的一切,只盼过安静清幽的生活。她原本对爱已心如死水,谁知一场大病,却得到了一个真心爱她的男人……

林老板感慨地说:"你在美丽身患绝症的时候,向她吐露心声,这是何等难能可贵呀!"林老板动情地把我的手和林美丽的手紧紧握在一起,说:"小子,我把女儿就交给你了,可要好好待她哟!"

我一时之间有些手足无措,支支吾吾着,一张脸红得更厉害了。我原本是要来说明真相的,可没想到还有林老板这层关系,他会不会一怒之下将我的工作给辞了?我咬了咬牙,忍住没有开口,无论如何也不能就此放弃眼前这份好工作!

当我茫茫然回到宿舍时,刘伟已等在那儿了。在得知我今晚赴约后的情况时,他也惊呆了。不过,他随后就极力劝我干脆假戏真唱,答应这门亲事算了,要知道一旦如此,我就等于拥有了一切:汽车、房子、地位、钞票,这是我单凭个人能力一辈子也无法企及的。

一连三天,我彻夜难眠,脑子里老是晃动着林美丽天真无邪的笑脸及家乡未婚妻在村头望眼欲穿地盼我回家的焦急神情……我终于鼓起勇气给林美丽写了最后一封信,在坦白了一切真相之后,末尾我这样写道:是你的善良和真诚感动了我们,以至于我们会有如此荒唐之举。但是请你相信,这世界上除了男女之爱,还有朋友之情,它同样肝胆相照,感天动地。我们今天依然可以向你表示,但这与爱情无关,为的仅是纯粹的同事情、友谊情。"

我义无返顾地把信投进了信箱,不管事情的结局多么严重,我都不会为这个选择懊悔。大不了,顶多也就是辞了这份工作而已,我可以从头再开始嘛!

一个星期后,我收到林美丽的回信,拆开一看,什么字都没有,只一个大大的"!"号。

这世界上,还有什么比彼此的理解和尊重更重要!

(陈世勇)

(题图:魏忠善)

这个美眉不太冷

　　几个月前,公司策划部来了一位刚从大学毕业的小女生,着实让全公司的单身兄弟们精神为之一振。这美眉皮肤白皙,身材高挑,是公认的美女。不少男同事想碰碰运气,使出浑身解数只为讨得美眉欢心,可惜人家丝毫不动心,岿然不动的拒绝姿态,让大家心灰意冷地感到"这个美眉有点冷"。我当然也很动心,可是因为不在一个部门,平时没什么机会接触,所以不敢贸然行动。

　　一天,美眉的电脑出了问题,开机后系统总是提示找不到硬盘。她胡乱地敲打键盘,一遍又一遍地重新启动,急得满头大汗,可电脑就是不能正常工作。策划部的一帮同事围在一旁出谋划策,各显神通,可谁也没想出解决问题的办法。美眉更加着急了,她眼睛红红的,带着哭腔说,电脑里储存了她忙了近一个月才完成的一份策划书,如果弄丢了,只好一切重来,更要命的是,很多原始数据现在根本无法再去搜集。

美眉越说越伤心,眼看就要"梨花一枝春带雨"了,这时有人提议说:"还是请'电脑高手'来看看吧。"

"电脑高手"是兄弟们对我的称呼。为美眉做事,我是一呼即应。因为曾经遇到过类似的电脑故障,所以我熟门熟路,三下五除二就让系统恢复正常了。可问题解决之后,我仍然面色凝重地坐在美眉的椅子上,煞有介事地敲打着键盘,偶尔还做出深思熟虑状。我可不想这么快就离开,美眉近在咫尺,还为我倒水拿零食,我一定要多享受一会儿。美眉不知其中玄机,站在我旁边,大气不敢出,一副紧张兮兮的样子,惹得我心里直发笑。我正在考虑该怎么拖延时间的时候,突然灵机一动,为什么不给她的电脑里装一个程序呢?这样以后就可以监控她的电脑了。我假装要装杀毒软件,顺利地把监控程序装了进去。

第二天中午,我的监控程序向我报告美眉正在上网聊天,于是我轻易地就获得了她的QQ号。呵呵,美眉用的是一只可爱的狐狸头像,网名叫"聪明的狐狸",我立刻把自己的网名改为"笨狐狸",头像也改成狐狸,然后假装偶遇似的上去搭讪。

"'笨狐狸'能有缘结识'聪明的狐狸'小姐吗?"我发出交友请求。美眉回给我一个微笑的符号,并把我加为好友。于是,两只"狐狸"很快便在网上聊得火热,聊到开心处,竟大有相识恨晚之感。

可想而知,由于对美眉的工作环境非常熟悉,在聊天中,我总是能投其所好地找出一些她感兴趣的话题。有时美眉在工作上遇到困难或者不开心的事,我也能恰到好处地为她排忧解难。另外,为避免露出马脚,我还经常用一些"我觉得"、"我以为"等猜测性的词语来"猜测"她的情况,还煞有介事地讲出自己的推测过程。自然,我的这些"猜测"都能对号入座,这使她大为惊讶,然后我就不失时机地告诉她:"相信吗?这就叫做'心有灵犀一点通'!"

在网上聊天中,我了解到美眉在大学时曾有过一段刻骨铭心的初恋,可惜男孩子最终却为了前程弃她而去,于是美眉开始对爱情心灰意冷。尽管此后不乏追求者,但美眉总认为那些人过于轻浮和不可信,不过是看重她的美貌。她说如果再有机会选择的话,她希望找到一位稳重可靠、真心真意疼爱她的男子。

想不到美眉小小年纪,居然已经在爱情的时空里经历了如此沧海桑田的变化,我在同情之余,爱怜之心也油然而起,对她又多了一分喜爱。这时候的美眉已经不再单单是我倾心的对象了,而像是一位无所不谈的知心朋友。

没想到当我不再刻意去发展我和美眉之间关系的时候,事情却突然有了进展。

一次聊天的时候,美眉突然告诉我她爱上了一个人。看到这话,我的心顿时提了上来,感觉如醉酒般沉重和迷糊。我忙问那人是谁,美眉却死活也不肯说,还逗我说:"你的直觉不是挺厉害吗?你猜呀!"

我一急,差点就在电脑上写上:"是不是我这只'笨狐狸'呀?我可是暗恋你很久了呢!"可害怕被拒绝的心理又一次让我欲言又止,我担心自己万一不是她的意中人,岂不是弄得很难堪?今后连朋友也没得做了。尽管我平时在网上和她无所不谈、嘻嘻哈哈的,但本质上我是一个非常谨慎的人,也非常要面子,没有把握的事,我是不会去做的。

我胡乱猜了几种类型的男人,都被她一一否决了。我能够感觉得到,她的回答和我的猜测同样心不在焉。在一阵拉锯战之后,她终于告诉我,她爱上了一个同事,那个同事是她们公司技术部门的,她感觉他很稳重,也很有风度。她还说那个同事经常帮助她解决一些电脑方面的难题,她和他很谈得来,也觉察到他对她有好感,但不敢确定这种好感是否代表喜欢,因为那个男同事从没有主动约请过她或者表示过什么,他俩之间更像是好朋友的关系。

　　我长长地舒了一口气，美眉说的那个"同事"不就是我吗？那一刻，我心里就像是夏日里喝了甘泉水一样舒坦无比，我感觉自己幸福得快要晕倒了。我真想立刻在电脑上向她表白，可又觉得自己这点诡计还是慢慢再告诉她比较稳妥一点。

　　第二天下午，我冒着被老板扣薪水的危险提前下班，风风火火地到花店买了一大把红玫瑰，又风风火火地跑回公司，把花递到美眉面前。

　　同事们都被我的举动惊呆了，不知道一向矜持的我怎么有这么大的魄力，更不相信这位"冷美眉"会当众接受我，只有我是一副虔诚又胸有成竹的样子。美眉看到玫瑰花，脸上立刻呈现出一道绚丽的彩霞，她小心地接过玫瑰，嗔怪道："干吗这么浪费啊！"

　　在同事们诧异和羡慕的目光中，我和美眉一起走出了公司。

　　晚上，我带美眉去看电影，她靠在我肩膀上，羞涩地问："我要是不让你主动一点，你还要等到什么时候才向我表白呢？"

　　"什么？"我愣住了，"你什么时候让我主动一点了？"

　　"嘻嘻，别装了，你不就是那只傻得掉渣的'笨狐狸'吗？我开始还真不知道是你，后来发现你的QQ上面的IP地址是咱公司的，难怪你对我的心事总是猜得那么准！"

　　我心里一惊，明白了，我真是自作聪明啊，我电脑上面的QQ是老版本，而我给她重装系统时，装的是能显示对方IP地址的新版本，这就难怪她能通过我的IP地址猜出"笨狐狸"就是我了。那么，她希望那个"同事"能更主动一点，岂不就是暗示我要主动出击？呵呵，看来我把美眉想得太简单了，其实，美眉的鬼点子还不少呢！

　　一激动，我差点把自己监控美眉电脑的经过也说出来，可话到嘴边又忍住了。哼，让她暗自得意吧，我哪里是"傻得掉渣的'笨狐狸'"，我比她还鬼呢！哦，对了，我不该再叫她"美眉"了，这是对小女生的泛称，现在该改口称"女朋友"才对。

（邓云涛）　（题图：安玉民）

我的QQ里下了一场雪

　　我是个单身女孩,在紧张工作的闲暇,喜欢在虚拟的网络世界中打发孤寂。

　　一个星期天的早晨,窗外大雪纷飞,我简单吃了点东西,然后就打开电脑,上了QQ线,想随便和谁聊聊天,打发时间。

　　没多会儿,有人发来聊天请求,我忙查看对方详细资料。对方网名叫"石强",真实姓名也叫"石强",27岁,男,工程师。资料上所有栏目都填得很具体,凑巧的是,我们居然是校友,他所在的城市我也常去出差。

　　我在网上看过无数个人资料,如此本分的填写,还是第一次遇到!有了这些详细资料,就很容易试探出他说话的真假了,比如我可以问问母校的情况,于是我立即接受了请求。

　　谁知这个叫石强的上来就说："我准备今天就去杀掉一个感情骗子,离开这个肮脏的世界,所以想随便找个人,最后说几句话!"

　　我吓了一跳,在诸多开场白的套路中,这样的直白可不常见,真也好,假也罢,人命关天啊,我赶紧回道:"你那里下雪了吗? 看看吧,外面的世界多美好! 这个世界还有很多美好的东西,为什么要做傻事呢?"

　　石强说:"这些美好和我有什么关系? 虽然我有百万家产,可就在昨晚,我发现女友背叛了我,那个比我更有钱的混蛋对她不是真心的,是在玩弄她,他们才认识四天啊! 我不能便宜了那个混蛋,一定要干掉他!"

　　我有过类似的经历,能真切地感受他此刻的悲伤和绝望,也担心他在冲动中会走上不归路,于是现身说教道:"想开一点,没有过不去的坎! 一年前,和我相恋五年的大学男友为了另一个女人,也背叛了我,我当时也快崩溃了,可我终于战胜了自己。现在,我可以欣赏窗外的雪景,尽情享受美好的生活,当时却差点为一个不值得爱的男人,舍弃自己年轻的生命,现在回想起来,真后怕啊!"

　　石强似乎愣了一会,然后回话说:"我知道你是想安慰我,谢谢你善意的谎言! 可我必须除掉那个骗子,我所爱的人才能解脱,获得真正的幸福。为了曾经的爱,我死而无憾!"

　　那一刻,一丝感动涌上我心头。为了稳住他,我主动向他发出了视频聊天请求。

　　图像清晰显示出来的那一瞬间,我们都惊呆了! 石强阳光帅气,木木地坐在那里,盯着我看,像定格的剪影。现在想来,那一秒,我们该是一见钟情了。

　　好半天,我才想起来说话:"呵呵,你呆呆地看什么呢?"

　　他的眼睛依然一眨不眨地看着屏幕,惊讶地说:"肯定是,你肯定是电影明星。"

我当然晓得自己不是什么电影明星,但得到英俊男人如此夸奖,心里很受用,就发了一个敲打图像,他立刻回发了一个疼得咧嘴的表情。我感觉到他情绪正在好转,暗自高兴,我说:"你再看看外面的雪,美不美啊?"

回复道:"雪映红颜分外娇!"

接下来,我们的交流渐渐深入,我开始有目的地核实他的各方面情况,他竹筒倒豆子似的,什么都跟我说,而且他讲的无论是母校还是他所在城市的情况,都没有任何破绽,直觉告诉我,他是个很单纯很明朗的人,坦荡得有点傻冒。

我们越聊越热烈。下线前,我说有机会就去看他,他高兴极了,给我留了手机号码,还说见面会送我一件小礼物,见证我们不寻常的相识!我"哦"了一声,并没追问,心中却期盼着鲜花或者布娃娃这样属于情人的浪漫礼物。

爱,有时候很简单。我就这样结识了石强,并且有了一丝牵挂。

几天后的一个下午,单位正好派我去石强所在的城市出差,在大巴上,我拨通了他的手机,说我刚才匆匆上车,忘了带身份证,我要住的那家大宾馆很规范,没有身份证住不了,想用他的身份证登记。他欣喜若狂地说:"你真来看我呀?好好好,我这就去车站等你!"其实,我是在扯谎,我真正的目的是想查验他的身份证。

雪大路滑,车速比平时慢得多,偏偏前方出了交通事故,传来的消息是没三四个小时,动不了。大冷的天,我不忍心让他久等,就打电话让他回家,说到时候自己找个小旅社将就一宿,明天再说。石强干脆地答应了。

夜里快十点多钟,车一进那个露天车站,我就看见车窗外的风雪中,晃动着一个高大的身影,雪人一般,我心一热:石强,难道是他？果然，我刚钻出车，在风雪中哆嗦了一下，他就已经站在我面前了！那种情境下，任何一个女人，都不可能不心跳加快的。

我嗔怪道："你不是答应不等我了吗？"

"不这么说，你会着急呀！小旅社乱，你去那儿住我不太放心。"他腼腆地笑了一下，接过我的行李。我情不自禁地伸手拍掉他身上、头上的雪，他也许是读出了我眼光中的爱怜，目光游离地扭头就走。

到了宾馆登记时，石强掏出身份证，递给前台服务小姐。趁小姐低头登记的那会儿，我用眼角余光瞟了瞟那张身份证。不错，照片是他的，名字是石强，他没跟我说一句假话，我最后一丝疑虑也在这一刻打消了。

安顿妥当，我们进了一家日本餐厅。石强很有品位，挑选的餐厅很有情调。在温馨的灯光下，我拨弄着勺子，发出暗示："这里的一家公司多次邀请我过来工作，我准备跳槽，你看怎么样？"

他很吃惊，傻乎乎地问："大都市待得好好的，怎么想起往小城跑？"

我定定地看着他的眼睛："因为，这里即使下雪天也让人觉得很温暖……"我想，当我含着妩媚的笑说出这句话的那一刻，木头也会有反应。

果然，石强愣了愣，犹犹豫豫地掏出一个精致的首饰盒，轻轻地放在我的面前，低下头小声说道："你拯救了我，这件礼物现在送给你可能有点唐突，但我是……真心的……"

打开盒子，我吃惊地发现里面是一枚钻戒，以前在首饰店里看到过类似的戒指，价格应该在两万元以上。我能看出他的诚意，但第一次见面就送这么贵重的礼物，我还是觉得不太舒服，于是我连犹豫都没犹豫，就将盒子搁在桌面上，慢慢地推了回去。我淡淡地说："谢谢你，第一次见面，也许鲜花更合适……时候不早了,你能送我回宾馆吗?"

石强看我没有一点惊喜的样子,尴尬地收起盒子,起身说:"那好,我重新挑选,一定会让你满意的!"

外面的风很大,我下意识地靠近了他,我闻到了他身上淡淡的烟草味,还有温暖醉人的气息,这让我很快忘记了刚才的一点不快,伸手挽住了他的胳膊。

进了客房,石强转身轻轻浅浅地拥了我一下,我却用了点力气回应他的拥抱,希望能够有点进展。突然,石强用力推开我:"我……该走了,明天再见!"说完,头也不回地跑了。

第二天,我打石强的手机,关机,再打,还是关机,不安的阴云笼上心头。到下午,我再也忍不住了,于是匆匆赶到石强的单位,问办公室的一位小姐:"这儿有个叫石强的人吗?"

小姐疑惑地看着我:"有。你是他什么人?你有什么事?"

"我是他的朋友,昨天晚上,他说今天见我,我们有事要谈。"

那位小姐听罢,惊恐万分:"怎么又来一个,这怎么……可能?石强已经死了!"

我呆了,问小姐:"他什么时候死的,是怎么死的?"

小姐说,石强是一年前从单位楼顶上跳下来摔死的,至于为什么原因跳楼,谁也不清楚。

这怎么可能呢?难道她们单位有两个石强?我向小姐详细描述了我昨夜看到的石强的模样,还有他的身份证。那位小姐狐疑地说:"不错,你说的那个人,就是石强,我们单位只有一个石强。真奇怪,这一年里已经有好几个年轻漂亮的女人到这里来找他,都是这么说的。我说石强死了,她们还以为我骗她们,真出鬼了不是?"

当然不可能出鬼!真相虽然没有大白,但我已经隐约感到,自己掉进了那男人精心设计的陷阱!很显然,那个假冒的石强,玩弄了许多女人的感情!我只不过是侥幸漏网之鱼。

可是三天后我回到家,在QQ上却意外地看到了石强给我的长长的留言:

> 你一定和其他女人一样,去那家公司找过我,也一定因为我的欺骗而伤痛不已。其实你还算幸运,你是我一年来唯一放弃报复的女人,是善良和真情拯救了你自己!
>
> 石强是我的哥哥。你知道他为什么寻短见?一年前,他心爱的女友在QQ上认识了一个大款,四天后的那个雪夜,女友和大款见面,在得到大款相送的一颗价值不菲的钻石后,越了轨,却正好被我哥哥撞见了,老实内向的哥哥第二天就走上了绝路。
>
> 后来,我以哥哥的名义,用他的身份证,利用QQ聊天,向贪财的女人展开报复。我设计同样的圈套,她们奔我的财产而来,都高兴地收下那颗钻石,当然,那只是颗假的,而只有你例外。你那么愿意为爱付出,我不能害你。爱,让我只有选择逃避!
>
> 我说过,要送你一件你满意的礼物,这就是我决定放弃报复,换个地方去过平静的生活。
>
> **你的校友、忏悔中的石林**

看了这段留言,我丝毫没有因为自己逃过一劫而觉得庆幸,心情反而更加沉重。我情不自禁地给他回复道:这世界太需要信任和真情了。

（白　驰）

（题图:谢　颖）

难忘一面之交

　　同事老宋请我吃饭，席间一位弥勒佛似的老头问我在哪儿工作，我告诉他："以前在乡下学校，最近调到县教育局了。"老头立即兴奋地说道："教育局我有个熟人，还是多年的好朋友呢，叫李立，小李子，就是你们的李局长。"

　　"别听他的！"东道主老宋拍拍我的肩膀，带着几分醉意说，"他呀，谁都认识，就是不认识自己！来，喝酒，喝酒。"

　　"哎，小宋，你可别这么说！"他涨红着脸争辩道，"小李子和我称得上是患难之交，十年前，他出了车祸，是我及时把他背到医院的。那时我把小李子送到急救室，一直照顾到他苏醒过来，我偷偷给小李子输过 300 毫升血，还把家里下蛋的老母鸡宰了给他补身体……后来小李子到教育局上班……"

这与我在机关里听到有关李局长与群众水乳交融的传闻十分吻合，我完全相信了他所说的一切，忙举杯问道："咱别喝糊涂酒，请问您老贵姓？"

"哈哈……叫我老陈头吧，小伙子，我们有缘啊！"他大笑后，小声对我说道，"以前我也在教育局工作，刚才你说你老婆想要吃高粱米干饭、喝玉米儿粥，这事包在我身上，明天我正好要去农村看孙子，在儿子家顺便给你弄几斤，再让老宋给你捎去！"

散席时，我发现那辆放在楼下的自行车气门芯被人拔掉了！为了不给大家添麻烦，我没声张，自己悄悄推上车子走了出来，刚拐出胡同口，老陈头骑车摇摇晃晃地从后面撵上来了。

"小闫，骑上走呵！"

"您先走吧，我车的气门芯叫人给拔了。"

"啊？谁这么缺德？"他的车子围着我转了一圈，"我给你回去找找。"

我急忙拦住他，说："准是淘气小子干的，没法找啦！"

"那……"他下了车，醉眼蒙眬地瞧了瞧我，忽然拍了一下车座，"有了！把我的拔去，我家不远！"

不等我阻止，"嘶儿"他已经给自己的车放了气，拧下气门芯就往我的车上安。我哭笑不得地说："嗨！你拧下来也没用，黑灯瞎火的，我到哪儿去打气？"

老陈头一听，也傻眼了。这下可好，两辆自行车都推着走吧！就这样，他到了我家门口，我心里过意不去，请他进屋坐坐，喝杯茶再走。

妻子还没睡，见我领回来个客人，便忙着点烟、沏茶。

老陈头看见我桌上摆着许多稿件，笑眯眯地问："作家？"

妻子在一旁插嘴道："可不坐家咋的，就知道在家坐着，外面事一点也不行。这不，到局里工作快半年了，人事关系还搁在学校里，也不知找领导催催！"

糟糕！她把我最不愿为人所知的一桩事情给抖出来了，我到教育局工作，当初谈的是先借后调，可是，试用将近半年了，仍不见有调的动静。

老陈头正色问道："怎么，你的关系还没转到局里？"

"还没……不过，快了，快了。"

老陈头拍着大腿说："嗨，你咋不早说呢？这事儿你找我嘛！"

妻子的眼睛顿时一亮："大叔，您能给说上话？"

"太能了！我和他们的局长很熟哩！"大概怕我妻子不相信，老陈头又郑重地向我们夫妻叙述了一遍他与李局长结识的过程。

"哎哟，大叔，以前就少了您这么个接洽人哪！"妻子喜出望外，还把家里唯一的5000元存折交给了老陈头。

"还用这个？这事交给我就行了。"老陈头连连摆手，满口应承道，"别说咱爷俩儿还有一面之交，即使素不相识，这个忙也应该帮！我明天就去找小李子，争取早点把关系转过来。"

妻子死活要让老陈头把存折带上，在他们相互拉扯中碰倒了桌上的笔筒。老陈头扶起笔筒，惊奇地问："你从哪弄来的？"

这个玉瓷笔筒并不值钱，我见老陈头如此喜欢，便笑着说："如果你喜欢，就拿去吧！"

老陈头喃喃地说："你不懂，这是文物，我在小李子家看到一个……可小李子说它原先是一对，好像叫什么'鸳鸯'来着……这回，你的事情就不用愁了！"说着，他小心地把它揣在怀里。

第二天，下班刚进家，看见妻子高兴的样子，我以为是工作调转的事有了着落，忙问："是不是老陈头把事儿办成了？"

妻子却责怪我说："你也太心急了，昨天答应你今天就给办成？是老陈头给咱送来10斤高粱米和10斤玉米儿，说他今天到乡下看孙子捎来的,我给他钱,他说什么也不要,说是自家种的,不要什么钱!"

我一听,嘿!这老陈头还真能办事,看来,我调转的事老陈头准能办成。等办成后,我一定要登门好好感谢他。

一个多月后,教育局以"不适宜在教育局工作"为由,通知我"即日交待工作,返回原学校报到"。李局长找我谈话,说:"小闫同志,当初我们考虑调你,主要是想加强基教处调研的力量。当然喽,这都怪我们事先没细致地了解情况,最近才听说你搞文学创作,发表过不少作品,这……固然很好……可这是教育局而不是文化局啊!"

我这才意识到,老陈头呵老陈头,你是怎么替我吹的哟!懊恼之下,我去找老宋,老宋听后摇摇头,说:"老陈头,他哪儿是办事的人哟!这个人是什么人都认识,可又什么事也办不成。"

"那,他是干什么的?"

"原来是教育局烧锅炉的临时工,后来人老了自己就不干了,他成天蹬三轮给人家拉货……那次我搬家,他前后忙了半个月,我给他300元钱表示谢意,可他说什么也不要,所以上次请客就把他给捎上了。人是好人,就是有点'破车好揽载'……"

我说:"老陈头办事还行,上次喝酒时我随便说一句我家那位想吃高粱米干饭,喝玉米儿粥,没想到第二天他就从农村儿子家给我送来了!"

"行啥呀!"老宋苦着脸一笑,摇着头说,"他就一个儿子在县酒厂上班,农村哪还有儿子!他让老伴也给我送了,无意中他老伴说漏了嘴——原来那是老陈头到农村花高价买的。"

我离开教育局回到了乡下学校,一天,老宋带着一个年轻人来到我家,说:"这位是老陈头的儿子,来找你的。"

我看着那个左胳臂上套着黑纱的年轻人,好奇地问道:"你找我有事?"

那个年轻人悲伤地说:"我爸昨天归天了,他临走前让我把这个交给你!"说着,将一个手帕包递给我。我接过来左一层、右一层地打开,眼睛顿时直了:里面是一枚金光闪闪的抗美援朝纪念章,下面是一个破碎的笔筒。

我不解地问:"这……这……为什么送给我?"

那个年轻人说道:"那天你家大嫂非让我爸拿钱去办事,爸以为这是信不过他呀,当看到桌上的笔筒,就随口编出那些话,他是想事成之后再把笔筒还给你,哪承想事情让他给办砸了,爸几次想把笔筒给你送去,可一走到你家楼下,就觉得没脸进去,最后那次鼓起勇气敲开你家门后,却听说你搬到乡下去了,爸一阵内疚,笔筒掉在地上碎了。"

我摆摆手,告诉年轻人,那个笔筒并不值钱。

年轻人抽泣着说:"我爸并不知道那东西值多少钱,他四处求人买也没买到。家里为了给爸看病已经倾家荡产了,最值钱的就算这个纪念章,他让我把这个和笔筒一起带来……我爸临终前对我说,他一辈子最对不起的人就是你。"

老宋压低声音对我说:"老陈头病重时,我去看了几次,每次老陈头都拽着我的手一个劲地自责:'小闫的事……我给办砸了……对不住他啊!'"

望着手里这枚金灿灿的纪念章和这堆破碎的笔筒,我突然理解了老陈头所做的一切……

（闫金城）

（题图:安玉民）

偶的人生感悟

　　每个人的心灵深处都有着只有他自己理解的东西。

　　生活的真谛只有在回顾中悟出，生活的意义只能在前行中产生。

两碗热汤面

读大学的那几年，我课余一直在姨妈的饭店里打工。不为生计，只是为了磨炼一下自己。

那是一个春寒料峭的黄昏，饭店里来了一对特别的父子。说他们特别，是因为那个父亲是个盲人，他的脸上密布着重重皱纹，一双灰白无神的眼睛茫然地直视着前方。他身边的男孩小心地搀扶着他，那男孩看上去才二十来岁，衣着朴素得近乎寒酸，身上却有着一份沉静的书卷气，想来还是个正在求学的学生。男孩把老人搀到一张离我的收银台很近的桌子旁坐下。

"爸，您先坐着，我去开票。"说着，他放下手中的东西，来到了我的面前。

"两碗牛肉面。"他大声地说。我正要低头开票，他忽然又面带窘迫地朝我用力摆了摆手。我诧异地抬起头,他朝我充满歉意地笑笑,然后用手指着我身后的价目表,用手势告诉我,要一碗牛肉面,一碗葱油面。我先是一怔,接着便恍然大悟,明白了他的用意,他叫两碗牛肉面是给他父亲听的。我会意地冲他一笑,开出了票。他的脸上顿时露出感激的神色。

厨房很快就端来了两碗热气腾腾的面。男孩小心地把那碗牛肉面移到他父亲面前,细心地招呼着:"爸,面来了,您小心烫。"自己则端过了那碗光面。

那老人却并不急着吃面,只是摸摸索索地用筷子在碗里探来探去。好容易夹住了一块牛肉,就忙不迭地用手去摸到了儿子的碗,把肉往儿子碗里夹。

"吃,你多吃点。"老人一双眼睛虽然无神,脸上的皱纹间却满是温和的笑意,在一旁的我不由被这张笑脸吸引住了视线。

让我感到奇怪的是,那个男孩并不阻止父亲的行为,而是默不作声地接受了父亲夹来的肉片,然后再悄无声息地把肉片夹回到父亲的碗中。

"这个饭店真厚道,面条里有这么多肉。"老人心满意足地感叹着。

一旁的我却一阵汗颜,因为我们饭店一贯唯利是图,面里其实只有几片薄如蝉翼的牛肉。

那个男孩这时趁机接话道:"爸,你也快吃吧,我的碗里都装不下了。"

"好,好,你也快吃。"老人终于低下了头,夹起了一片牛肉,放进嘴里慢慢咀嚼起来。男孩微微一笑,这才大口吃着他那碗只有几点油星的光面。

姨妈不知什么时候也站到了我的身边,静静地望着这对父子。这时厨房的小张端来了一盘干切牛肉,她用疑惑的眼神看着姨妈,姨妈努嘴示意,让小张把盘子放在那对父子的桌上。

那个男孩抬头环视了一下,见自己这一桌并无其他顾客,忙轻声提醒:"你放错了吧?我们没有叫牛肉。"

姨妈走了过去:"没错,今天是我们开业年庆,牛肉是我们赠送的。"

我一听这话,忙心虚地左顾右盼,怕引起其他顾客的不满,更怕男孩疑心。好在大家似乎都没注意到这一幕,而男孩也只是笑了笑,不再发出疑问。他又夹了几片牛肉放入父亲的碗中,然后把剩下的都放入一个装着馒头的塑料袋中。

这时进来了一群附近工地的建筑工人,店堂里顿时热闹起来。等我们忙着招呼完那批客人,才发现男孩和他的父亲已经吃完面走了。

小张去那张桌收碗时,忽然轻声地叫了起来。原来那个男孩的碗下,压着几张纸币,那几张钱虽然破旧,却叠得平平整整,一共是六块钱,正好是我们价目表上一盘干切牛肉的价钱。一时间,所有的人都说不出话来,只有无声的叹息静静回荡在每个人的心间。

很多年过去了,我一直不曾忘记那对父子相濡以沫的一幕,不知他们如今可好。想来那样的儿子,一定能为父亲和自己营造出一份温馨和安适。

这一点,我深信不疑。

(唐顺瑛)

(题图:黄全昌)

脑袋被驴踢了

那是个星期天,我请客,本打算请两位朋友,结果朋友的朋友的朋友,丫头、小子来了七八位。我心里着实突突的打怵——钱不争气呀!顺街面找饭店的时候,我就留了心眼了,店面堂皇一点的装没看见算了,太低档的就顺势装把腰粗,有钱。最后,大伙儿都相中"傻丫头酱大骨头馆"了。

可进了店坐下,一看菜价,我的妈呀,一盘"雷击小青龙"(端上来才知道,就是拍黄瓜),敢要你20元!没办法,坐到这儿了,我还得硬撑着鼓励大家使劲点菜。

好家伙,哥们姐们可都够实惠的,啥好点啥,敢情把我和傻丫头划一个档次了。我开始还真是很开心地微笑,后来嘴皮子发木,眼珠子有点发胀,自己都觉得有点不像正常人,几个服务员眼睛睃来睃去,死活认定我是脑血栓患者。

我意识到兜里的钱要出丑。跟人借,那太掉份儿了。也是赶巧了,这傻丫头酒馆离我单位不算太远,单位办公桌里还有俩私房钱。让这帮家伙们先吃着喝着吧,我寻个借口说到单位有个重要事去处理一下,马上就回来。朋友们腮帮子都鼓得像蛤蟆似的,没工夫跟我闲话,都抬抬手算是答应。

单位是座日伪时期的三层小红楼,我的财会室在三楼紧挨经理室的一间。楼道铺的是地板,踩在上面"咚咚"山响。我打开财会室的两道铁门,没有直奔办公桌,我想清静一会儿,反正那帮家伙一时半会儿也吃不完。靠门的地方有盆茉莉花,是出纳员王丹凤养的,她前天上省城办事去了,可能是今晚回来。

王丹凤非常漂亮,当初我也拼命追过她,只是没追到手,让一个叫老黑的给糊弄到家去了。尽管王丹凤由姑娘变成了小媳妇,单位里的男人们对她的黏糊劲丝毫没减,雷经理就经常找她单独谈话。不过大家也都提防一手,包括雷经理在内,因为王丹凤的黑老公可是够狠的。

我拿起脸盆就准备朝外面的洗手间去,就在这时,走廊里传来"咚咚"的脚步声,贴门缝细一听,挺熟,那声音快到门口就停住了,之后,是掏钥匙开隔壁门的声音,不用说,是雷经理。

我仅仅听了只有一二分钟的光景,就听从楼道的一头又传来"咯咯咯"清脆的高跟鞋踩踏地板的声音,不用问,来的是个女的,而且感觉那人就是王丹凤,走路声高傲而有节奏。我下意识地退回到自己的办公桌前,免得王丹凤进屋来,看到我偷听的丑态。然而更加叫人脸红心跳的事发生了,她径直进了隔壁雷经理的办公室。

窃听到这一点,我已经陷入了比较尴尬的境地,无论如何是不能"嘭"的一声关门走人的,甚至蹲在屋里一点声音都不能弄出来。我又蹭回到门前,轻轻地把暗锁拧上。

雷经理办公室是内外两间,而且里间是放了床的。现在,一个大星期天,他这屋里可有两个人,而且是一男一女,准有戏。但仔细听一会儿,没什么动静,甚至听不到花说柳说的只言片语。这房间是不隔音的,有一点动静隔壁都听得到,于是我弓着身子,想把耳朵贴近地面听。不想屁股碰到王丹凤放花的花架,架上的茉莉花使劲晃悠了一下,要不是我回手快,怕要坏事。

就在这时,我放在震动位置上的手机响了,是朋友呼我。我手捧成个喇叭状,说声"就来",就关机了。但看这架势,隔壁两人不走,我没法出门。这老铁门,关开的动静极大。

像等着行刑似的,这时间极其难熬。其间,隔壁偶尔传过一点动静,我都猫扑老鼠似的扑到门前听,希望他们快点完事。

这滋味可真是不好受。冬天黑得快,隔壁好像开灯了,这两个色胆包天的家伙,要干到多久哇。我不能再等下去了,我要设法离开这该死的办公楼。

猛然,一个可怕的念头冒了出来,不,是幸灾乐祸的念头:随便给他们两人的家里挂个电话——我决定给王丹凤的老公打。我们办公桌的玻璃板下,都有单位每个职工家的联络电话。

我是趴在桌子底下用手机打的。电话一下就通了,由于不是好事,又怕隔壁听到,我的声音有点抖:"到公司来,你媳妇正和雷经理在床上呢!"

天地良心,我可不是爱搬弄是非的人,更何况去刺激像王丹凤老公那样的人。但今天对不起,实在怪不得我。

我扒着窗户往外看,只见夜色越来越浓了。

"吱嘎"一辆红色桑塔纳旋风般地冲到楼下。没等我看清楚,一伙人旋风般地冲进了楼里,手里都拎着镐把样的东西。我简直要窒息了,一场由我一手导演的械斗就要发生,会不会闹出人命来?我的天,现在叫王丹凤、雷经理快跑都来不及了。

"哗啦啦",这帮野蛮的家伙,顺带着把楼道的玻璃都敲碎了。那些人边走边嚷嚷："别他妈客气,给我往死里打!"

人好像是一下子就冲到隔壁门口了。这时就听"吱啦"、"哎哟"两声,大概是外面一人正要抬脚踹门,门被里边人猛地拉开,踹门的人来了个"狗吃屎"。

"干什么! 干什么!"是雷经理的喝问。

"干什么? 你自己干的好事!""通!"——一记老拳的声音。

"为什么打我?"

"住手!"一个女人像是从里屋冲出来的,大概是挡住了一个举起的木棍,那木棍击在了一旁的铁皮柜上,发出了沉闷的轰鸣。

"等等——"是王丹凤黑老公的声音,"你、你、雷经理,雷、雷大嫂——咋搞的,他娘拉个卷的,有人告诉我说,我老婆——那个贱货在、在、在——"

雷经理愤愤地说:"谁这么缺德,嗯? 今天我儿子在家和同学一起过生日,我们两口子就躲到这儿来了。"

"我的天!"这一声惊叹可能是从我的嘴里出来的。我本能地朝后面一缩,坏了,就听"嘭"的一声空响,门角落里的茉莉花盆,凭空落在了地板上。

这一声好比露天煤矿放炮传来的闷响,撼得整座楼似乎都在动。

我事后想起来了,花盆落地后,已经从雷经理办公室拥到走廊里的那伙人,竟半天没有一点动静,仿佛被这一声巨响吓傻了。

很久,这帮人开始砸门。门是不能不开的了,开了门,没得说,我就被打成了个生活基本不能自理。

(赵维忠)

(题图:箭　中)

遭遇陷阱

　　我读大三的时候,曾经有过一次非同寻常的应聘经历。

　　那是一个周五的下午,用人公司把面试地点安排在一个大酒店的顶楼会议室。会议室门外挤满了人,看样子都是来应聘的,有的女孩一看就知道精心打扮过。这倒也难怪,广告上提到的待遇的确有点吸引力。我在门口的服务台领了号以后,就找了个角落站着等。

　　我站的地方正好冲着电梯,正觉闲极无聊的时候,电梯的门打开了,里面一下子挤出来很多人,最后出来的女孩子引起了我的注意,她坐在轮椅上,人很瘦弱,面色苍白。我当时心里就有些嘀咕:难道她也来面试?招聘广告上可是写得清清楚楚,要求身体健康,女孩要 1 米 65 以上。

她往外摇着轮椅，到电梯门口的时候，突然被自动关闭的门夹住了，这时候假如她不动，就一点事情都没有了，因为电梯门是会自动弹开的，可她下意识地一用力，轮椅一下子往前倾斜了，一转眼，她整个人重重地倒在了地上。

我旁边有很多人都看到了这一幕，可这会儿，他们有的低头看表，有的拿出镜子检查是不是要补妆。更让我奇怪的是，那个轮椅女孩没发出一点声音，更没有半点求助的意思。看着那姑娘一声不吭地在那里企图撑起身子，我待不住了，挤出角落，把她扶了起来，帮她坐回轮椅。

我轻轻地问她："你没事吧？"她看了看我，脸色稍微缓和了一点，但始终没开口说话，我也就很识趣地走开了，而她从随身带着的包里拿出了一本杂志，就在离我不远的地方看了起来。

终于轮到我面试了，和我一起进去的这一批人大概有二十几个。没想到那个坐在轮椅上的女孩，也拨开人群往里面挤。她恐怕是搞错了，因为即使她是来应聘的，现在也肯定没喊到她的号，我想向她示意，可她自始至终都没有看我一眼。

这时我也只好静气敛神，我看过几本关于面试技巧的书，都千篇一律地说一进考场面试就开始了，注意力要集中，不能看上去心不在焉。可我刚刚把注意力集中到几个面试官身上，就见坐在中间主考官位置上的中年男人很惊讶地站起来，朝那个姑娘叫道："呀，雯雯，你怎么来了？"男人额上有一颗很醒目的大黑痣。

那个姑娘很淡漠地说："哦，哥，我过来看看。"

就是这么轻描淡写的一句话，却震得在场的很多人感觉像衣服被戳了一个洞。

哥？这个姑娘是面试官的妹妹！那我岂不是……我感觉到羡慕、嫉妒的目光从四面八方射过来，有几双眼睛甚至像凸透镜一样要把目光在我身上燃起来，他们都看到了我刚才帮助这位姑娘的情景。

我觉得自己真是太幸运了，想不到一点同情心夹杂着一点点在学校里学来的商业原则，居然帮了我这么大的忙，更想不到在很多书里看到过的因为细节而成功的案例，真的发生在了我身上。

那个姑娘不再说话，安静地坐在一旁看我们面试。轮到我的时候，自信心使我出尽风头，再加上英语口语是我的强项，整个面试让其他人相形见绌，我觉得自己赢定了。

就在面试官要当场宣布录取我时，那个姑娘忽然说道："哥，我看还是不要录取这位小姐吧，刚刚在外面就是她把我推倒的，还说什么瘸子也来应聘，不自量力！"她居然还作势捋起袖子，说："你看你看，都摔青了。"我一下子懵了。我把她推倒了？有没有搞错啊？我扭过头去愤愤地看着她，可她根本不看我，只是很坚决地看着她的哥哥。我极力让自己镇定下来，我在想，或许这是他们考验我修养的一道题目。

那个男人说："可是，雯雯，你看这位小姐多优秀啊！"

雯雯不依不饶地闹着，说："不可以，职业道德比能力更重要！"

她还说什么道德？ 看到他们的争论，我明白这不是一道题目。更令人生气的是，刚才还很羡慕我的人，一转眼就露出扬眉吐气的神情。

我气得说不出话来："姑娘……你……刚才明明是你不小心摔倒了，我扶你起来的啊，你弄弄清楚啊！"

"什么，你还装好人？"她是那么气愤和坚定，"就是你最可恶，我最恨你们这些虚伪的人，明明看不起别人，还要假惺惺地装成好人。"刚才看到真相的人这会儿没有一个站出来替我说话，这一刻，我倒是感受到了刚才雯雯摔倒时的孤独无助和悲凉。

我这会儿也有些明白了,肯定是我的帮助刺激了她的自尊心,增加了她对这个世界的憎恨,特别是看到我刚才出色的表现,她嫉妒了,长期遭遇冷漠让她心理扭曲了,你比她强又对她好,她就会受不了。当然,这些复杂的分析不是我能想出来的,这是我从心理书上看来的。

那个面试官似乎有所顾及,古怪地看了看我,犹豫了一下,还是听信了他那个心理扭曲的妹妹的一面之词,在我们这一批面试者中,当场录取了好多人,还发给每个人一张很精美的表格,说是填好了表,贴一张二寸免冠照片,再交150元的押金,从下周起就可以上班了。

被录取的人在那里开心地填表,没有人再看我一眼。

我灰溜溜地离开了面试的地方,好几天心里都特别烦,觉得这个世界处处是陷阱,好心不一定有好报。

一个星期以后,我在都市报上看到一篇报道,说最近又抓获了一起诈骗案。报道说,诈骗集团利用全国糖酒会的幌子招聘工作人员,收取押金后就逃之夭夭,已经有上千人上当受骗。我心里一惊,再仔细一看,发现那个被夹在中间的诈骗头目额上有颗硕大的黑痣。这不是雯雯的哥哥吗?我一下子明白了雯雯的用意。

（王松波）

（题图:箭　中）

街头歌手

两年前,我高中毕业,只身来到广州,想找一家公司当签约歌手,谁知连连碰壁,没有一个公司肯要我。不久,我身上带的钱用完了,又不甘心两手空空地回去,于是就抱着一把吉他到街头自弹自唱,赚钱来维持生计。

唱归唱,我心里是委屈的:自己唱得哪点比港台明星差了,凭什么他们赚鼓了腰包,名利双收,可我却一无所有?这个世界真是太不公平了!

那天,我又找了个繁华的路段,坐在地上,半眯着眼,一边在心里骂世态炎凉,一边无精打采地唱着几首最拿手的歌:《吻别》、《有多少爱可以重来》、《让我欢喜让我忧》……

唱着唱着,我看到面前走来一双红色高跟鞋,鞋子很高档,应该是个有钱女人穿的,这种女人都挺大方的。我心头不由一喜,唱歌也打起了精神。谁知,这个女人听我唱了两首歌,鼻子里哼了一声,掏出一个明晃晃的钱夹;从里面捏出一张两毛钱的纸币,随手一丢,两毛纸币轻飘飘地落在了我的吉他袋子里。

我勃然大怒,这不是欺负人么! 两毛钱简直是对我的侮辱! 我真想站起来,把这两毛钱摔在她脚下! 但我只是转了转念头,没有动,唉,虎落平阳被犬欺,认了吧。再说,万一她说:"凭你的水平,也只配两毛钱了!"我怎么办?

正心情低落时,一个男人黑亮的皮鞋踏着有节奏的脚步走了过来。他边走边打手机,当走到离我不远处时,好像电话断了,他站住身子,露出一副焦急的模样,左顾右盼,似乎在寻找什么。最后,他朝我走了过来。

他走到我跟前,有礼貌地向我打招呼:"先生,你好!"

我点点头,答应道:"你好!"

他搓着手,用商量的口吻说:"先生,我可以借你的吉他用一下吗?"

我一愣,借吉他干吗? 这可是我的吃饭家伙呢。我上下打量了他两眼,看他西装革履,也不像个坏人,就警惕地问道:"你想……"

他眨眨眼睛,说:"我想跟你合作一次,用你的吉他唱歌,赚的钱咱俩分成,怎么样?"

哦,原来是有钱人好日子过惯了,要换换口味,体验一下街头艺人的生活! 我心里暗骂,你有什么了不起的? 不就是有俩钱,日子过得太舒坦了么? 好啊,你也不要以为长着嘴巴就能唱歌,你唱得不好,别人一分钱不给,还要躲着走!

我脑子里这么冷冷地想着,脸上可没表现出来。见他还一脸期待地等着我的回答呢,我站起身子,把吉他交给他,装得很大度地说:"好吧,你赚的钱都是你的,我不要一分!"

他挺高兴,连声道谢,接过吉他,学着我的样子坐下来,用手指弹了两下,试试音,然后抬起头问:"你说,我唱什么歌合适呢?"

我一口气把自己最拿手的几首歌名报给了他。他认真听完,点了点头,说:"还好,这些歌我都会唱呢!"

"会唱好啊,那就好好发挥啦!"我对他冷嘲热讽,可他好像一点也没听出来,乐呵呵地埋头弹琴,吉他声响了起来,我一愣,弹得还真不错。

"前尘往事成云烟……"他开始唱了,"消散在彼此眼前……"我听得呆住了,他的音色纯正,非常专业化,浑厚的男低音把这首《吻别》演绎得特别到位,一般乐团的歌手都没他唱得好。

"我的世界开始下雪,冷得让我无法多爱一天……"他唱得深情款款,我也听得入神,不禁用心琢磨他唱的每一句,他的每一个字如何发音,每一个音节如何转换……渐渐的,我竟然领悟出许多原先不知道的演唱技巧来。

"哗……"直到掌声响起来,我才如梦初醒,这时我们已经被围得水泄不通。很多人走上来,掏出钱放在吉他袋子里,大部分是五元十元,有一个人竟给了一张五十元的人民币。

那个男人微笑着扫了一眼袋子里的钱,好像还不满足,又弹起了吉他,这次唱的是《有多少爱可以重来》。

"有多少爱可以重来? 有多少人愿意等待?"高潮部分的这两句是难度相当大的高音,每次我都唱得脸红脖子粗,但他轻轻松松就唱了出来,而且别有一番苍凉浑厚的韵味。在这一刹那,我突然发现,其实自己的歌唱得很一般,吉他也弹得不怎么样,以前像只井底蛙,自鸣得意,今天和这个男人一比,真有天壤之别呀。

人越围越多,连两个巡警也过来凑热闹,听得满脸陶醉。他一曲唱罢,掌声、喝彩声响成一片,几乎每个人都在摸钱。我发现,别人给我钱是在我唱歌时就把钱扔下来,而给他钱,却是等他唱完以后,才走过来,弯下腰轻轻放进袋子里。

袋子里的钱已经堆成了小山,可男人的脸上还是没有特别喜悦的神色,莫非他对自己的"战绩"还不满意? 这时,一个小伙子走过来,蹲下身子,打开钱夹,"哗啦哗啦"地从里面倒出几个一元的硬币,一边倒一边还抱歉地说:"你唱得真好,可我身上就这么多钱啦。"谁知那中年男人的脸上却突然绽出了笑容,他放下吉他,从袋子里捡了一枚小伙子给的硬币,那些大票却碰也没碰,然后抱拳对众人说:"谢谢各位!"说完,又冲我点点头,拍了拍我的肩膀,转身匆匆地走了。

听众们一阵唏嘘,很多人听得不过瘾,眼巴巴地看着我。这会儿我哪还敢唱啊? 赶紧收拾东西走人吧。可我真是糊涂了,实在想不通那个男人为什么只拿走一枚硬币呢?

我迷茫地望着他离去的背景,看到他快步走到不远处一个投币电话亭,拿起话筒,然后把那枚硬币投进去……我恍然大悟,原来他的手机没电了,只是想赚一枚硬币,用来打一个电话!

这是对我意义重大的一天,我在这一天才发现,自己以前是那么无知可笑,好在我还年轻,一切重新来过还不晚。于是,我在广州找了一份工作,每日里抽空刻苦学习,终于在两年后考上了广州一家音乐院校。

当我去学校报到时,又碰到了那个中年男人,原来他是这个学校的音乐老师,并且,正是我的班主任。

（芦宏伟）

（**题图**：刘斌昆）